夜不語

詭秘檔案

夜不語

詭秘檔案

永遠的平行線

代序

某天的回家路上，手機收到來自 Middle 的訊息。

知道他邀我寫序時，立刻紅了眼眶，我問他：「你是否知道弄哭一個正在坐地鐵的少女是一種犯罪？」，他一秒回了我一個無奈的表情！

咳咳，作為一個陪他變老的小讀者，這份激動和感動是無法用文字形容的。謝謝你。

我們來點正經的。

下筆之前想了很久，該怎麼為 Middle 寫這一篇序。那麼，不如讓我為大家講一個有關長腿叔叔的故事。

認識 Middle 這個名字，是因為他的網誌——「純屬虛構」，那個有著純黑背景加上白色字體的小地方。

他曾經出版過一本書，也是叫《純屬虛構》。

那年，我十七歲。

從那時開始在他的網誌上流連，偶爾跟很多哥哥姐姐聊天說笑。每天晚上十二點都有個新故事，他講故事喜歡留白，喜歡用疑問句和反問句來讓別人自行領會一些東西。

他常常鼓勵別人，也常常當別人的心事垃圾箱。

當年作為少女的本人，也抓住他聊過很多傻瓜心事。（和被他改過很多很多不同的奇怪別名）

真的非常的謝謝他，在我迷惘的時候給了這個素未謀面的陌生人溫暖的安慰和鼓勵。

日子一天一天的過，跟長腿叔叔的書信聯絡沒有中斷。

跟大家一樣，從他的文字中得到很多力量，不快樂時，用他的文字替自己療傷。

他是個很堅毅的人，這些年來一直沒有放棄敲鍵盤，持續以文字來陪伴大家走過無數夜晚，從來沒有改變過。

隔了很久很久，來到二〇一四年，他的第二本書出生了，接著還有第三、第四本……

這年，我已經二十五歲。

我這位茱迪雖然沒有像真正的故事那樣跟長腿叔叔在一起，但這位 Middle 叔叔在我生命中，是極為重要的人，如果他某天人生要踏入另一階段而不邀請我，我會生氣的！哈哈！

作為小小讀者如我，很感動能見證他的文字被更多人珍惜和喜歡。他總是說謝謝我們的支持和鼓勵，但我們其實也同樣地藉著他的文字得到某些安慰、某些悸動，或者得到再走下去的力量。

在這裡想謝謝他沒有放棄自己的一個小小夢想，沒有放棄自己喜歡做的事。謝謝他總是表現出溫暖的樣子。

再一次謝謝你。請你也要一直幸福！

謝謝大家不厭其煩看到這裡，希望你跟我一樣會喜歡這本書。

不管如何也支持你的

燶甑

自序

這本短篇小說集，是我的第三本書。
來到這天，最想說的話，依然是「謝謝」。

這幾個月來發生了許多事。
一些本來沒有預期的，一件接著一件發生。
自己本身並非一個勇於接受挑戰的人，
可以選擇的話，我會寧願拋下一切、去看天看海呆上半天。
但有些事情是不能逃避，因為你知道當錯過了，就未必可以再來一次；
繼續逃避自欺下去，只會讓將來與自己愛護的人更難過。
因此唯有叫自己勇敢一點，硬著頭皮去承受與面對。
慶幸還有很多朋友不吝嗇地給予意見與鼓勵，讓我可以走得過去。
真的感謝，沒有你們，就不會有如今可以繼續任性地寫作的我。
也感謝一直追我、多點寫短篇故事的朋友，
就算我自己幾乎要放棄了，但你們仍是繼續支持……
曾經以為，這是一本永遠不可能會出版的書，
沒有出版社願意出版、沒有人會想要看；
但如今竟然可以看到她的出世，我覺得自己實在太幸運，
好想好好報答每一個願意給予我機會的人，

就例如這一本書的編輯阿丁。
沒有阿丁，就不會有這一本書的誕生，
也不會有八年前的《純屬虛構》。
謝謝你，永遠記得那個晚上你給我的第一封電郵。

謝謝你們，希望你們會喜歡這一本書。

Middle
2014.11.19 寫於香港旺角路上

台灣版專序

一直都希望，能夠寫出能令人有共鳴的故事。即使未必會得到很多人喜歡，但只要有一個人看過之後，會覺得感同身受、或有所啟發，我就會繼續寫下去。

寫故事跟寫心情散文不同。對我自己而言，心情散文通常是對人生某一段落的突然回望與情感抒發，倏然而起倏然而去，往往措手不及，卻又反覆不息。寫故事則是對一件往事主動地重複思考、判斷、抽離審視、重新代入，有時會因為想不通想不明白而感到困倦，有時又會在與不同的人接觸、從不同的角度中，發現自己過去一直忽略的事情，繼而讓故事有不同的面貌。

原來許多時候，事情未必就是自己所想的理所當然，縱然有時會令人灰心或難過，但同樣，偶爾還是會有意想不到的風光。我希望，自己可以繼續發掘這些畫面，寫到更多人的故事，也許有天，更可以寫出你的故事……

感謝春天出版社願意出版這本書。更感謝一直支持我寫作的每一位台灣讀者與朋友，沒有你們，也就不會有這一本書，更不會有這一本書被你放在手中的這一刻……我會繼續加油。嗯。

Middle

目錄

《到尾》

他一直都想知道，她有沒有喜歡過自己……

DAY 1

在一次沉悶的生日聚會裡，他認識了她。

DAY 3

他收到她的 facebook add request。
在接受之後，他發現，她在當晚聚會的所有相片裡都 tag 了自己。
那個 album 內的所有相片，都有他的身影。

DAY 4

他開始跟她在 facebook 裡傳 message，他已經很久沒有對傳 message 如此沉迷。

DAY 7

她傳了一個手機簡訊給他。
內容沒有什麼特別，就只是提醒他明天記得出席聚會。
但是他整天看了那個手機簡訊好幾遍；那是她第一個傳給他的手機簡訊。

DAY 8

在 KTV 見到她，他忽然感到有點疏離。
之前在網上的親密交流，到面對面時彷彿都不再重現。
那一夜，他感到有些失落。

Day 9

凌晨，她傳他手機簡訊，叮嚀他回家後不要掛著上網、太晚睡覺。
他笑了，同時間察覺到，自己原來是喜歡了她。

Day 17

終於鼓起勇氣，他打電話約她。
雖然只不過是在中午時分約她吃午飯。

Day 22

第一次一起看電影，他心情緊張不已。
電影演什麼，他不太清楚，只知道一顆心都放在旁邊的她身上。
散場後，她跟他提起電影的劇情，他答不出來，讓她無奈笑了。

Day 33

在與她 whatsapp 時，他無意知道，原來她跟自己一樣喜歡去旅行。
喜歡到日本、希臘、西班牙、青海，跟他喜歡的都一樣。
他與她約定，將來要一起去這些地方旅行。
她在 whatsapp 裡答應了。

Day 38

她近來較少在 whatsapp 上線。
他有點擔心，也有點害怕。

DAY 40

下午時分，他忽然收到她的手機簡訊，說想約他吃晚飯。
然後來到晚上，他們沒有吃晚飯，就只是在海邊呆坐。
她跟他說了很多近來遇到的不快事情，說著說著，她哭了起來。
他一直陪在她的身邊。

DAY 42

她約他吃晚飯，要答謝他之前花時間陪她。
他說不用了，不要客氣，在 whatsapp 推辭了一會後，她就沒有再提。
那天晚上，他自己一個待在家裡，有點後悔。

DAY 55

這天他去了旺角、尖沙咀、銅鑼灣、中環、沙田。
只為找尋她會喜歡的生日禮物。

DAY 58

晚上回家後他才發現，手機在數小時前有一通她的未接來電。
他立即回撥，但是她已經睡了。

DAY 59

他在 whatsapp 問她昨晚有什麼事，她說沒事，只是想找人聊天而已。
是嗎？他心裡問，卻又不敢問太多。

最近她在 whatsapp 裡開始不太理會自己。

DAY 60

這天是她的生日，朋友為她辦了一個生日聚會。
他在聚會裡，送了自己幾番波折才找到的禮物。
但是她沒有如他的預期，當晚就拆開禮物。
甚至，沒有跟他說太多的話。

DAY 62

她傳了一個簡訊給他，說好喜歡他送的禮物。
他在看到簡訊的一小時後，才用手機回她說：「喜歡就好。」
之後，她又在下一個簡訊裡說想約他吃晚飯。
兩分鐘後，他回應說好。

DAY 67

這晚兩人到一間有情調的餐廳吃晚飯。
餐廳是他預先訂位的，結帳時也是由他付錢。
他忽然記起，這晚其實不是原本由她請客嗎？
但他沒有說出來，這晚她一直不太多話。
彷彿，不太投入。
雖然他覺得，這晚她打扮得很漂亮。

DAY 68

從這天開始，她不時會在深夜裡，打電話給他閒聊。

DAY 90

從這天開始，他開始會在意，她晚上沒有打電話給自己。

DAY 95

他聽朋友說，最近朋友A似乎喜歡她。
其實他之前也有留意到，她與朋友A愈走愈近。
但是每次他裝作不經意地跟她提起朋友A，她都不會說起太多。

DAY 98

在約會的時候，他跟她提起，朋友A最近似乎想追求她。
她沒有反應，他覺得之後的約會氣氛冷淡了很多。

DAY 101

無意中讓他知道，昨天她跟朋友A出外約會了。
他在whatsapp問她昨天去了什麼地方，她只說沒什麼特別。
他覺得，她其實不太重視自己。

DAY 110

他已經有九天沒有主動找她。
但是他最後還是忍不住打電話給她，約她吃晚飯。

DAY 113

見面時，她取笑他小器。
他不明白她的意思，反問她為什麼小器，她只笑而不語。
這晚，她第一次讓他送自己回家，使他好不緊張。

DAY 140

最近，他們每星期會見面至少五次。
一起逛街、一起吃晚飯、一起看電影、一起購物……
他想問：其實我們是什麼關係？
但是，每次看著她心不在焉的眼神，他不知道該如何去問。

DAY 152

她以前的男朋友回來香港過聖誕。
也因此，她最近少了與他見面，到後來，甚至是沒有再見。
在不適應的同時，他又開始去想……
其實自己與她不過是普通的朋友。

DAY 166

平安夜。
在沒有準備之下，她忽然在 whatsapp 跟他說，想一同出外倒數。
最初他喜出望外，但是最後，她突然家人有事，不能陪他慶祝。

DAY 167

聖誕夜，他主動約她一起去吃聖誕大餐。
但是她只說沒有空，然後就匆匆掛線了。

DAY 180

她在簡訊向他抱怨，怎麼這陣子都沒有找她。
他看著簡訊，無奈了一整個下午，最後還是決定撥回電話給她。
只是，她沒有接聽電話；之後他再打，都仍是沒有。

DAY 182

她打電話給他，說想看一部電影。
他說，最近沒有空，她就問他何時會比較有空。
他說，最近不想看電影，她就問他最近想做什麼。
最後，他還是心軟下來，晚上和她去看了那部電影。

DAY 200

她忽然跟他說，新年時會跟朋友去希臘旅行半個月。
約定一起去的希臘，她跟朋友去。
二月的情人節，也不會跟自己過——這是他聽完她的話後，得出的結論。

DAY 218

他收到她在希臘傳出的簡訊：「情人節快樂！」
他只覺得更不快樂。

Day 229

他去了機場接機，但在機場卻看見朋友A，大概也是想去接她。
結果他在一個角落看著她入境，然後就獨自離開。

Day 232

她在whatsapp說要給他伴手禮。
他沒有回她的whatsapp。

Day 250

他收到她寄來的包裹，裡面是那份希臘伴手禮。
他叫自己不要想太多。

Day 272

她忽然打電話給他。
在鈴聲響了十數下後，他接聽了。
通話裡，她只是跟他閒話家常，說說自己的近況。
他只是「嗯、嗯」的回應。
最後，她哭了，問他是否在生她的氣。
他只好說沒有，從來都沒有。

Day 280

在送她回家的路上，她倚著他的肩膊，睡著了。
他只是讓她靜靜的倚著，不敢移動身軀半點。
不想驚醒她，不敢嚇怕她。

Day 291

他的生日。
這天他收到她的祝賀簡訊、電郵、生日卡，以及禮物。
晚上，她更為他準備了一個熱鬧的生日聚會。
原本，他打算在這天跟她告白的。
但是聚會裡有太多人在，令他打消了這念頭。
不過，這還是他有生以來，最快樂的一個生日。

Day 302

彷佛，有高自然就會有低。
他覺得，自己最近又開始與她疏遠了。
有時打電話給她，她沒有接聽。
傳她 whatsapp，她也會很遲才回應。
手機簡訊更不用說，有時是沒有回覆的。
彷佛又再重溫之前有過的滋味。

DAY 332

最近，聽朋友說，朋友B打算追她。
他也有留意到，她近來跟朋友B走得很近。
但這一次他沒有太多反應，也不再去探問她什麼。

DAY 352

很多朋友說，看到她跟朋友B上街約會。
有些人更說，見到兩人有牽手。
然後就有人問他，她不是你的女朋友嗎？
他只好答說，與她從來都不是男女朋友。
就只是，好朋友而已。
雖然，這個好朋友已經有兩星期沒有聯絡。

DAY 365

剛好一年。
這天下午她打電話給他，想約他一起吃晚飯。
他赴約，和她去了一年前兩人認識的餐廳吃飯。
可是兩人見面時，沒有太多說話。
他只是說起近來的忙碌，她只是說起未來的工作。
雖然他其實是想問，最近與朋友B一起快樂嗎？
但是他覺得，如果她當他是朋友，她自己應該會說的。
但是她沒有。

DAY 370

朋友們的八卦消息說，朋友B跟另一個女生在一起了。
原來，朋友B從來就只喜歡那個女生。
他聽到後，有點意外，有點恍然。
晚上他打電話給她，她很快就接聽了。
之後，他們愉快地談了一整個凌晨。

DAY 401

在街上閒逛時，她突然問他，過陣子有沒有興趣一起去日本旅行。
他當然立即說好，還回答得很大聲。
她笑了。

DAY 412

又快到她的生日，他問她想怎麼慶祝，她打趣說今年想遊船河。
於是，他認真地去籌辦了。
租船、約人、收錢、排行程……種種瑣碎事情，他都去負責。
也因此，反而少了時間見她。

DAY 425

這天她生日。
如期地，去遊船河。
行程、節目都一如最初安排。
最後大家也十分盡興，樂而忘返。
只是他沒有預計過，她這天跟朋友C會牽著手下船。

DAY 462

他都不記得，這段日子是怎麼過的。
無力、麻木、疲累、遲鈍、冷淡、茫然……
這些感覺，一直充斥他腦海裡。
他沒有找她，也沒有讓她找自己。
Facebook messenger 一直隱身，手機封鎖了她的號碼來電。
不想再為她牽動太多情緒。
只想讓自己繼續沉淪下去。

DAY 482

朋友跟他說，她與朋友C分手了。
他忍不住冷笑了一下。

DAY 501

在回家的時候，他在路上碰見了她。
她主動和他打招呼，他猶豫了一下，但還是笑了。
然後，兩人到附近的餐廳吃晚飯，聊了一整晚。

DAY 503

他看著 facebook messenger 一整個下午。
最後將隱身了兩個多月的狀態，調回在線。
然後沒有多久，就收到了她的問候 message。
是劫後餘生嗎？他心裡問，同時終於記起了，心跳的那種感覺。

DAY 525

就快聖誕節，他想約她在平安夜一同慶祝。
但是她沒有答應。

DAY 530

他又再打電話約她。
這次想不到，她很快就答應了。
可是她說，另一個女性朋友也想一起慶祝，問他可不可以。
他唯有說好。

Day 531

平安夜。

她因為有事，沒有出現。

就只有她的女性好友與他一起度過。

他想苦笑。

Day 538

在除夕倒數的時候，他打電話給她。

想問她，其實她知不知道自己的心意。

但是除夕的電話網絡線路繁忙，他找不到她。

網絡回復正常後，他收到她的女性好友來電，跟他說：「新年快樂！」

那一刻，他忽然明白了一切。

Day 540

他決定，要從此死心。

Day 545

她打電話給他，他用最客套的語氣與她對話。

客套得，連自己也覺得討厭。

但他認為，這已經是他自己最大的寬容。

DAY 562

公司想派他到日本進修，而且一去就要兩年。
他終於可以一償去日本的心願。
雖然，他仍然記得與她一起去日本的那個約定。

DAY 570

她打電話給他，問他想不想一同去逛花市。
他沒有回答，就只是說，他過陣子要去日本進修。
她對他說恭喜。
他笑著說多謝。
之後，沉默一會，他有點難堪的掛線。

DAY 583

他收到她的 whatsapp：「情人節快樂！」
他默然。
已經有很多天，沒有跟她 whatsapp 了。
已經有很多天，沒有跟她在 facebook 裡聯繫。
已經有很多天，沒有跟她見面了。
已經有很多天，沒有聽到她的笑聲。
將會有更多的，他對自己說。
一定會習慣的，他對自己說。

這天，他自己一個來到了機場。

離開香港，離開有她存在的地方。

但是不知是碰巧，還是天意安排，他竟然在機場裡碰見她。

他看著她，呆了；她看看他的行李，也露出一個明白的表情。

然後，他心裡笑了，原來是自己想得太多。

他沒有告訴太多人，自己會在這天離港；她應該也不可能知道。

在接著的對談也證實了他的猜想，原來她剛巧來機場面試。

原來，就是這麼簡單。

最後，她對他說，祝他一路順風，希望他能學有所成。

他笑著道謝，然後看著她轉身離開。

離開……將會有兩年見不到她。

自己認識她，也將近兩年了。

喜歡她，也將近兩年……

接著的兩年，真的可以從此放下她嗎？

他忽然想知道一個真相。

「張綺雯！」

他喊了她的中文名字。

以前，曾經，跟她半認真半說笑的協定過——

在說認真話的時候，就會呼喚對方的中文全名。

她停下腳步，回頭。

他開口。
但是，他沒有說出聲音。
事到如今，真的還需要問嗎？他心裡這樣問自己。
只是，她依然在等他開口。
然後，彷彿過了一段漫長的時間，她莞爾，微微搖頭。
彷彿在表示，她不想再等下去了。
也彷彿給了他一個答案，一個由第一天開始就想知道的答案。
她有認真喜歡過自己嗎？
自己一直為她付出，一直全心待在她身邊，為的也許只是想看到她的笑臉，
但更確切的真相是，他希望她能夠給他一個答案，一個明確的回應。
我喜歡你；你，喜歡我嗎？
這是他內心最渴望知道的答案，只是他一直不敢問，而她一直都沒有說。
然後時間與機會就繼續悄悄錯過。
直到這天，直到最後一次見面。
雖然他依然沒有開口，但他知道，她應該知道他的問題。
也許一直都只是自己想得太多……
在圍繞她身邊六百天後，他終於知道了答案。

她從沒有想過，在這個沉悶的生日聚會裡，會遇上他這個人。
看著他，目光漸漸離不開。
一顆心，似乎也不再屬於自己。
過去從未有過這種情況。
但這種感覺，卻是如此的讓她確定，讓她相信……

自己終於找到，這一生裡唯一的，那一個人。

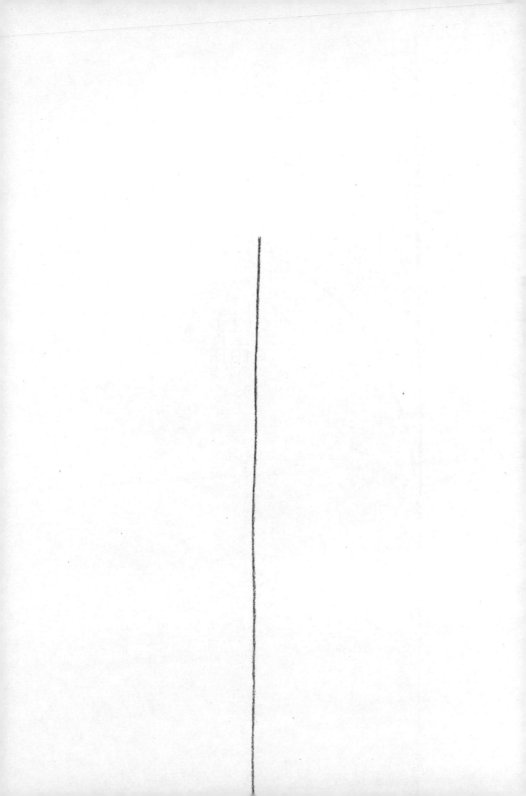

《出軌》

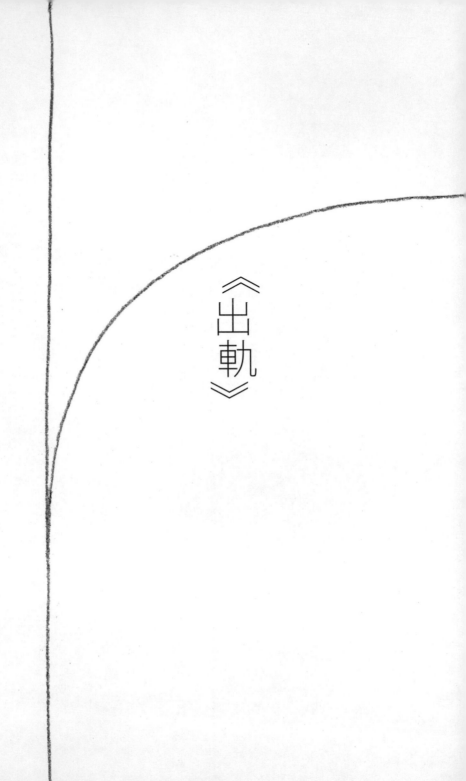

這天，你忽然來問我——

「你認為，怎樣才算是出軌？」

為什麼要問啦？

「沒什麼，只是想知道出軌的定義。」

定義……是指火車出軌的出軌嗎？

「……是感情出軌的定義啦。」

嗯嗯，你覺得，這是有定義的嗎？

「怎會沒有？」

那麼不如你先告訴我，出軌的定義是什麼吧？

「唔……沒有安分守己？」

嗯，那怎樣才算是沒有安分守己呢？

「這個……我就是不清楚，才想要問你嘛！」

哈哈，其實你這樣問我，我也是回答不了你的。

「為什麼？」

因為大家對於「安分守己」的定義，都未必會相同嘛。

「例如呢？」

唉，例如在大熱天時，某甲認為自己的女朋友穿著超短褲是沒有安分守己，但某乙可能卻會認為女朋友穿超短褲是正常不過，甚至是值得鼓勵的行為。

「即是因為大家的價值觀不同，所以定義未必相同？」

也不只是價值觀問題，還可以有很多層面，總之有沒有出軌，要看不同情況而言囉。

「唔……」

怎樣了，最近男朋友對你不好，你跟別人出軌了嗎？

「……沒有啦。」

那麼，是發生了什麼事嗎？

「……其實是有個朋友，最近遇到一些煩惱。」

關於出軌？

「嗯。」

可以說來聽聽嗎？

「……三個月前，朋友認識了一個男生。」

怎樣認識的？

「是大夥兒出來聚會時，其他朋友介紹的。」

嗯，之後呢？

「熟絡了後，朋友發覺跟那個男生很投緣，彼此都很容易了解對方的想法。」

唔，於是他們就成為了好朋友？

「……是的，雖然他們不常見面，但他們彼此交換了電話和臉書，有空的時候，他們都會找對方聊天。」

通常聊的是什麼？

「什麼都會聊，工作、生活、家庭、理想等等，也會聊聊彼此的感情問題。」
你的朋友……目前死會嗎？
「……嗯，她有男朋友，在一起三年了，但最近感情變得愈來愈淡。」
唔……那麼那個男生呢？
「他本身也是有女朋友的……聽說關係也不怎麼好。」
於是他們就互相向對方傾訴自己的感情問題了？
「嗯。」
那也沒有什麼不好呀。
「是嗎？有時候，他們也會約出來見面。」
約出來做什麼呢？
「就只是吃飯，隨便逛逛，又或者到海邊聊心事。」
嘿嘿，有沒有接吻或擁抱？
「沒有啦……」
說笑而已。他們大約多久見面一次？
「大約兩星期一次吧。」
每次都只是吃飯、逛街、去海邊？
「嗯，沒有其他了。」
那，這又關出軌什麼事呢？

「因為……我的朋友覺得自己喜歡了那個男生。」

呃？那麼那個男生，大概也覺得自己喜歡了你的那個朋友？

「……你怎麼知道？」

純粹猜測而已，哈哈。

「哈哈……不知道是不是呢，但是他們一直以來，都沒有向對方表露過什麼。」

為什麼呢？

「大概是覺得對方不會為自己放棄原先的另一半吧，又或是不想做第三者，他們都不敢做出半點出軌的行為……其實我的朋友都不知道那個男生喜不喜歡自己，即使我的朋友是很喜歡那個男生。」

那個男生對你的朋友很好嗎？

「嗯，他很溫柔體貼，很懂得關心別人。」

那……你朋友的男朋友，知不知道有那個男生存在？

「不知道，她的男朋友從來都不會過問這些事情。」

嗯。

「不過話雖如此，她還是開始減少跟那個男生接觸，whatsapp 不再發得那麼密集了，電話也很少談，雖然偶爾還會約出來見面，但都只是一些很朋友式的交往。能夠見見面、向對方傾訴一下心事，其實就已經很心滿意足了。」

嗯。

「其實……他們都算是很安分守己吧。」
唔……
「若換成是其他人，早就發展出很多出軌的行為，甚至是上了床呢？」
或許吧。
「你……怎麼變得不太說話了？」
其實……
有些話不知該不該跟你說。
「唔？」
「說吧。」
真的想聽？
「嗯。」
那好……其實你的朋友，是有點自欺吧。
「……為什麼？」
有些時候，即使實質沒有做過些什麼，但不等於就是沒有出軌、一直都有安分守己。
雖然一直以來，他們沒有向對方表示過自己的真正想法，甚至沒有說過一句喜歡對方，但是他們其實都知道，對方對自己是有感覺吧？
但是，你的朋友，或許又會這樣跟自己說，或許只是自己的錯覺呢？或許只是自己的自作多情？始終對方都沒有表示過什麼，一切都可能只是自己想得太多。

然後，在這種帶點自欺的心理下，你的朋友叫自己跟對方繼續交往，因為對方是這麼關心自己，自己總不能辜負對方的好意，況且每次見面，大家也沒有做過半點超越朋友身分的行為。

只是縱然如此，你的朋友心裡還是漸漸產生了罪惡的感覺，開始疑惑自己是不是在出軌，自己是不是背叛了男朋友——即使她跟男朋友的感情已經轉淡，即使男朋友從來都不知道有這些事情。

不過每次與那個男生見面，自己又還是會跟對方傾訴自己與男朋友的關係怎麼疏離、讓對方知道男朋友有多不在乎自己不愛自己；而對方也會因此而更加關心自己，縱然那只是一些朋友式的鼓勵或支持……

結果，在這種既感罪惡、又感刺激的心理底下，自己仍是依然跟對方友好下去。

但其實這種精神上的出軌，往往更讓人動魄驚心。

即使，他們在肉體上沒有發生過什麼。

即使，她可能仍愛她的男朋友多一些。

即使……

此刻你看著我，哭了。

唉。

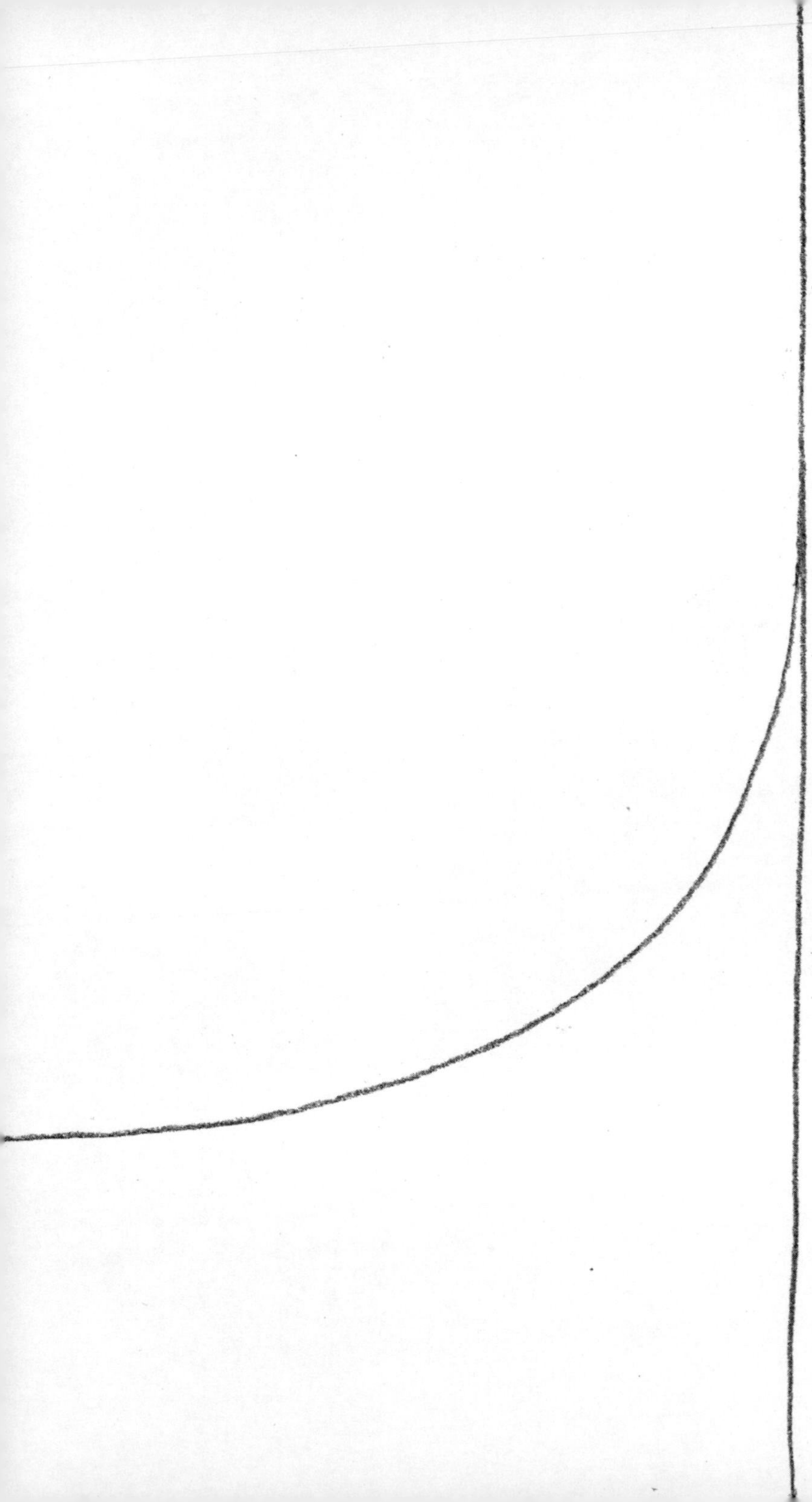

《不捨》

睜眼醒來，她看一看鬧鐘，已經是早上八點三十分。
比平時晚了三十分鐘醒來，這天要上班，她內心卻沒有太多驚慌。
拿起手機，沒有未接來電和未讀訊息。
她靜靜看了一會，啟動螢幕，撥了一通電話。
電話通了，但是對方一直沒有接聽。
最後電話被轉接到語音信箱，在響起錄音提示的時候，她放下了手機。
深吸一口氣。
然後下床的時候，她感到自己的頭有點暈眩。

她跟他在一起已經兩年。
本來，是在美國留學時認識的同學，回來了再重逢，便成了男女朋友。
最初在一起的時候，他對她真的很好很好。
也因為大家同樣在外國生活過，共同有過的生活經驗，讓兩個人在相處時更加契合。
每星期，他們幾乎七天都見面。下班以後，不是約在一起晚飯，就是去逛街逛海邊；放假的時候，就看電影、遊離島、上山下海，又或是一起窩在家一整天。

彷彿不會厭倦；彷彿，比親人還要親近。

她曾想過，與這個人長相廝守，白頭到老。

只是近半年開始，這個故事卻開始變了調。

「起床了嗎？」

上班的時候，她用 whatsapp 傳了這則訊息給他。

她看著狀態欄，見到他在線上，但轉眼又離線，她知道他已經讀了自己的訊息。

但是他沒有回應。

她等了一會，見到依然沒有回覆，於是又再繼續輸入：

「覺得有一點頭暈，好像感冒了。」

然後她看著螢幕，再繼續等，等到他又上線，他卻依然沒有回應。

她也沒有太失落，只是靜靜的將手機收起。

最初，她是真的不太習慣。由原本每天都會收到簡訊，每次都會立即得到他的回覆，漸漸變成過了一會才回覆，再漸漸變成很久都沒有回覆。

「為什麼不回覆？」

「對不起，剛才在忙嘛。」
「那忙完之後呢？」
「對不起，我太累，忘記了。」
「第二天呢？」
「……」
每次當他不作聲，之後就是一次漫長的對峙。
她知道，再問下去，他只會覺得她在咄咄逼人。
但她不是想得到他的道歉和解釋，而是他的尊重與認真。
可是每次沉默，都是一次競賽，彷彿誰先開口就算輸了，誰就要向對方說：對不起。
而，明明錯的人，並不是自己，只是從對方的眼神與語氣中看出，大概他也一樣不認為自己有錯。
對峙下去，就會變成要辯論誰對誰錯，但無論誰勝了，都只會變成不歡而散。因此，她寧願不再爭論，主動去與他修好，甚至去說一聲對不起，為的是不想浪費相處的時間，尤其當原本幾乎每天見面，漸漸變成一星期約會一次，甚至是兩星期才碰面，她實在不想，難得的見面變成了沉默競賽的延續。
但那一個問題，卻是始終沒有解決過。
為什麼，會忽然不再在乎了？
為什麼，會變得不需要見面？……

她知道，他一定會有一些合情合理的理由。

工作忙、要陪家人、加班、進修、見朋友、休息、身體不適……但是有多少次，她知道他假期時寧願躲在家玩電腦，都沒有跟自己約會。

然後又有多少次，他為了見朋友，要將跟自己的約會延期甚至取消。

是自己太計較嗎？每次他將自己放在次要的位置，她都會感到很不快樂；可是若向他說出來，他又會認為是自己小器。如果堅持下去，最後大概又會變成他不作聲、她又反過來認錯的局面。

可是，她道歉太多，漸漸他覺得這些事情是理所當然——並不是他不用心，而是她自己太過計較；並不是他淡了，一切都只是她自己想得太多……

然後，漸漸，她也會跟自己說，是自己有太多要求，是自己太看不開太執著；他其實沒有做錯，是自己太過堅持自己的一套，是自己常常都用以前來比較現在，以前的他對自己很好，但那是以前，如今大家也成長了、環境也不同了，自己其實不應該再這樣比較、應該活在當下，用以前的美好來比對現在的不足，對他來說是不公平的。

然後，再漸漸，會這樣想的自己，似乎不再覺得那麼難受；即使他沒有回覆自己的簡訊、即使他寧願見朋友也不跟自己約會，她也會想，這就是他們現在這個階段理想的相處方式。就算沒有太多親密，但彼此仍然是對方的伴侶；就算兩個人的生活並不十分同步，但至少兩個人都有著相同的目標……

若不是如此去相信，又怎可以淡然去面對他的冷漠？

可是，當自己愈退讓，他的態度反而愈冷淡，她不由得再問自己，這樣下去又是否值得？

午飯前，她接到了他的來電。

「今天下午有空嗎？」他第一句就問。

下午，她原本就想請半天病假，因為她感到，自己有一點發燒了。

「有什麼事嗎？」她讓自己的聲音精神一點。

「沒什麼，只是想你幫我買一碗麵來，可以嗎？」雖是請求，但他的語氣像是理所當然。

「……牛肉麵嗎？」

「嗯，九龍城那一家。」他笑。

「那我待會來。」

他沒有答話，直接掛斷了。

她的公司在筲箕灣，他的公司在旺角，搭火車要三十分鐘；但去旺角之前，她卻先要去沒有火車可到的九龍城。如果要到旺角再轉車前往，會花太多時間，因此她會選擇搭計程車。雖然車資不便宜，但至少快捷方便，不用他等得太久。

坐在計程車裡，看出窗外，她忽然想起，自己是什麼時候開始，習慣了去搭計程車。

以前剛出來工作，彼此沒有太多儲蓄，兩個人的一切消費娛樂，都是以節儉為主。像這樣搭計程車，是鮮少發生的事，他們會寧願選搭巴士，即使車程比較慢，但兩個人在一起看看車外風景、閒聊各種瑣事，也是一種樂趣。

只是漸漸，見面的時間少了，每次約會的用錢方式，也開始出現轉變。因為很多時候他即興提出約會，又因為更多時候要遷就他的工作，要指定在某段時間內才能見面，所以她逐漸愈來愈常搭計程車去見他；最昂貴的一趟車資是接近二百元港幣，那一次是由大埔坐到中環，為了可以趕上他的午飯時間。約會時會去的餐廳也愈來愈高級，隨便一頓午飯兩個人也會花費五百元港幣；偶爾她會懷念兩個人去連鎖快餐店吃經濟套餐的那些日子，但她不敢懷念太多，因為她知道，他選擇更昂貴的消費，不過是想減輕彼此少見面的內疚感而已。

然而，減輕了，不等於就會變成沒有；每次見面，她都感到他的不自然，也會留意到，兩個人漸漸變得無話可說。

是因為少了見面、少了共通的話題？還是，兩個人的步伐再不一致，就算有更多吸引有趣的話題，但在對方的耳裡，也只會帶著另一種隔膜。

於是，為了逃避面對這種情況，兩個人變得愈來愈少見面；但繼續逃避，也始終不能再尋回以前有過的親密，只會變成惡性循環。

不過，縱使她明白這當中的心理，她卻不知道可以怎麼去突破這局面。他不想見面，她不敢強求，到他想起自己了，她就不惜所有再去貼近他，即使要自己主動、付出或委屈更多，即使在這過程中她開始覺得不再快樂……

「等了很久嗎？」

每次見面，這一句話都成了他的開場白。

「不，一會兒。」

每次，她都會這樣回答。

即使她其實在這街上，捧著那碗麵與湯，已經快半個小時。

「麻煩你了。」他接過牛肉麵，說：「快餓死了。」

「還有會要開嗎？」她問。

「嗯。」

「那，你待會記得先用微波爐將湯弄熱才吃。」

「好的。」然後，他轉身開始想回公司了。

而她沒有說話，只是站在原地。

等他走了幾步後，他才記得回頭。他說：「你先走吧，我再找你。」

她讓自己點頭微笑。

他繼續走，再沒有回頭。

拖著疲憊的身體，回到家，已經差不多下午四點。

頭依然昏暈，額頭有一點發燒，她想自己是真的感冒了。但看醫生要掛號，不知道要等到什麼時候，她只好先回家讓自己休息一會再說。

家裡沒有人，她躺在沙發上，陽光從窗外映照進來，她卻覺得有點冰冷。

是因為發熱的緣故嗎？

她拿出手機，發了一則簡訊給他：

「我病了，回了家。」

如往常一樣，他沒有立即閱讀及回覆。

她放下手機，開始胡思亂想。

為什麼自己要做到如此卑微？

這麼辛苦為了一個不在乎自己的人，又有什麼意義？

是因為很喜歡他嗎？

還是因為在乎，所以才要珍惜難得在一起的緣分？

但緣分並非萬能，兩個人一起，還要看彼此是否能夠同步吧？

她已經很努力想追近他的步伐，但他呢？

以前的他很好，但現在的他卻變成另一個人，為什麼他會變了？

還是自己太過自私地用以前的他來比較？

是自己的要求太多了嗎，是自己過分去計較嗎？

愛是忍耐包容付出堅持，愛是不應該輕易放棄……不是這樣嗎？

如果放手，就不是愛了？

但如果放手，那自己一直所堅持所付出的，又有什麼意義？

然後堅持下去，這樣的日子、不安與亂想，何時方會完結……

天黑了，她依然躺在沙發上，不想去動，不想再想。

有時她會想，就讓自己沒有目標，沒有要求，沒有感受，沒有失望，日子可能會好過一點；曾經嘗試去找出口，想去改變現在這種困局，但試過了努力過了，只有一顆想改變的心是不能夠改變兩個人的世界；眼看著其他人可以漸漸改變得更好，但偏偏自己就做不了什麼，再比較下去也只會更讓自己疲累，於是就會想，不如不要強求，不要定下太遠的目標，不去追不去想，不去表示太多，就不會讓人知道自己其實是失敗了，自己其實是連一段關係都拯救不了；這樣子，自己就可以繼續對人掩飾，在這段關係裡是有著怎樣的不平等不合理，偶爾還可以對人表示，自己有他這個伴侶是一件值得幸福的事情，即使實情上她一直得不到想要的快樂，但至少，已經比起一個人生活要好得太多太多。也許到了將來，他會改，他會變好，他們會一起成家立室，然後兒孫滿堂白頭到老……只要如今仍然在一起，只要如今心裡還有著對方……

只要他偶爾，會回覆自己的簡訊。

但她看著手機，已經過去兩個多小時，他依然沒有回應自己病了的訊息。

兩個勾，最後上線時間是半小時前，他明明已經讀過。

是他太有信心，她可以照顧自己、不需要他掛心，還是他太過肯定，不論如何冷淡忽略，她最後還是不會離開？

她對著螢幕，好一會，又好一會，最後緩緩按鍵輸入：

「不如，分手吧。」

然後，發送。

訊息欄旁邊出現了第一個勾。

但在第二個勾出現之前，她立即刪除了這一則訊息，不再讓它繼續發送……

她忍不住苦笑了一下。

即使她其實是想哭出來，哭自己的不爭氣，哭自己的沒勇氣。

但繼續笑下去，心情又似乎變得好一點了，至少自己也起碼懂得笑，還有繼續呼吸的力氣。

就算如今病了，自己還是可以去看醫生。

就算他沒有空，自己還是可以去做其他的事情。

她已經習慣這樣去安慰自己了。

這時候，手機震動了一下，她終於收到了他的回覆：

「嗯……去看醫生吧，小心身體。」

「嗯。」

她按鍵回覆，決定立即去看醫生，因為這是他的叮囑。

因為她想繼續當一個聽話的女朋友。

就算偶爾失落，偶爾心碎，她依然會是他的女朋友，她會繼續安守在這一個位置。

「不如，分手吧。」

下午六時三十分，他在手機看到這一則簡訊。

她以為已經刪除、沒有成功發送出去，但其實他的手機已經順利收到。

他看著這則簡訊一會兒，不知道應該怎麼回覆，也不知道，自己可以做些什麼。

其實，他喜歡她，即使沒有最初的那種心跳，也漸漸找不回同步與契合的感覺，但他依然會希望跟這一個人步入教堂，成家立室，白頭到老。

只是，把將來想得再美好再理想，也掩飾不了，如今兩個人相處時的冷淡、隔閡與疏離。他試過去對她更好、付出更多，但反而讓他感到再多的物質也只會反映彼此感情的薄弱。

他不知道為什麼會變成如今這樣，也不知道應該如何去補救；而他也不想讓她發現，自己其實對這一切的轉變、這段關係的逐漸破裂與惡化都無能為力，他不再像最初那般能夠充滿信心，去給她肯定的幸福、快樂的將來。

於是，他開始去逃避她的目光，不想讓她看穿自己的無力，也不想讓她有機會去將一切事實都去拆穿。

因為，如果說穿了拆穿了，他覺得，這一段關係可能就會從此完了。

但他卻始終不捨得，這一段難得的緣分；他寧願繼續苟延殘喘，也不想兩個人要分手的那一天出現。

可是如今，她卻傳來了訊息，說：不如分手……

是她終於捱不下去嗎？

是她不再喜歡自己了嗎？

其實他已經都不再清楚，她還對自己尚有多少感情？

他也不能肯定，自己對她的那點情感，到底是喜歡，還是一種慣性的寄託？

如果已分不清楚，再勉強下去，再繼續留下她在身邊，對她來說，又是不是一種自私？

如果為她著想，也許應該要放她離開才對。

只是又回到那一個問題，自己又真的捨得嗎？

「嗯……去看醫生吧，小心身體。」

最後，他選擇了這樣回覆。

就當自己從沒有看過那一則分手的簡訊。

就寄望時間能夠沖淡這一天的冷，抹走對將來的徬徨與不安，等下次再見面，也許一切又會再好起來……也許，也許。

《抱憾》

她一直都不明白，為什麼他要對自己這麼好。

好得，旁人都會羨慕。

好得，她自己都感到忐忑不安。

「送給你。」

他手上拿著一款米奇老鼠的手機殼，有立體的造型，米奇的雙眼還會閃著轉動。

「謝謝。」她接過，心裡好喜歡這手機殼，但過了一會，她還是忍不住問：「為什麼送給我？」

「只是剛巧見到，就買來送給你了。」他隨意一笑。

「但上個月你才送了一個手機殼給我，你不記得嗎？」她晃晃自己的手機，史迪奇的立體手機殼。

「這是新款嘛，你不喜歡嗎？」他苦笑。

「……喜歡。」

「喜歡就行了。」

「哦。」

她不是別人所稱的「港女」、「拜金族」，每次沒緣由地收到他送的禮物，她都會有些不好意思。

不是不喜歡他送禮物給自己，自己喜歡的人所送的東西，又怎可能會不喜歡。

是的，她喜歡他，從一開始就已經喜歡了。

本來，他只是自己的朋友的朋友的朋友，隔了好幾重的距離，自最初在聚會碰到面後，她就一直苦惱該如何去引起他的注意。

直到有一次聚會，散場後大家各自回家；她住得比較遠，時間又有點晚，有朋友跟他說，既然你們是住在鄰 ，不如就由他送她回家吧。

意想不到的機會，她心裡嚇了一跳，更意想不到的是，一直表現冷淡的他，竟然答應了。

在車程裡，她嘗試主動跟他聊各種事情，例如喜歡什麼電影、歌曲，例如家裡有沒有兄弟姊妹，例如現在的戀愛狀況……

大多數的問題，他都有回答，唯獨是戀愛狀況，他卻微笑輕輕帶過。

雖然她也一早從其他朋友口中打探到，他近來沒有跟別人談戀愛。

最後，他送她來到家樓下，她鼓起勇氣，約他下次出來看電影。

起初，他略微猶豫了一下，但最後還是笑著答應了。

之後的晚上，他們開始在 whatsapp 裡聊起來，一晚，一星期，一個月。

之後，他們開始常常約會，一次，兩次，三次，十五次，直到如今，已經半年。

她不知道，其實他明不明白自己的感情。

嚴格來說，她並不是一個爽快直接的女生，跟大部分人一樣，在感情方面，她還是希望對方能夠表現得主動一點。

她所能夠做的最大主動，就是約他見面、傳他簡訊問候、偶爾打一通電話給他，然後就等他回覆自己。

大多數的時候，他都有回應她的簡訊及電話，只是他卻很少主動約會自己。

雖然每次他都不會拒絕她的邀約。

每次約會，他都會表現得很細心、很照顧她，他會跟她去看她喜歡的電影，帶她去吃她喜歡的甜品。

約會之後，他都會主動送她回家，即使有時她察覺到他其實累了……

但他總會笑笑說，不緊要，沒關係。

只是他卻不知道，這一些好，是會讓她心暖及心痛。

心暖的是，自己喜歡的人這麼親切照料自己。

心痛的是，她始終不明白，他這些好所代表的意義。

帶她吃最好的東西，陪她去想去的地方，送她最喜歡的禮物。

但每一次他對自己愈好，她就愈是覺得，這一些好，其實並不是自己真正想要的。

她沒有要求過，要每一個月去吃一次Buffet。

她沒有要求過，要常常換最新的手機殼及電話吊飾。
她沒有要求過，每次都要送自己回家。
她沒有要求過，他要收藏起自己的感受和想法，只是要順從她的意願及感受……
而偏偏，她最想要知道和肯定的，他卻一直沒有回應。
已經半年了。
旁人說，你的男朋友對你這麼好，你真幸福。
每次聽見了，她都會忍不住苦笑，他是自己的男朋友嗎？

一年前，他曾經認識過一個女孩。
那女孩的個性很主動，才認識一天，就約他上街看電影吃飯購物上山下海甚至去旅行，幾乎嚇怕個性一向被動冷漠的他。
只是，在女孩一次又一次的熱情主動後，他還是漸漸打開了心窗，和她去逛街、看電影、聊無聊的簡訊。
雖然很多時，他都會表現得勉為其難，尤其在她勉強他要送她回家的時候……
雖然他最初很不喜歡，她常常送新的手機殼給自己、要跟她一起去替換……

這女孩只不過是怕寂寞，又愛貪新鮮，才會這樣糾纏自己罷了。

但後來，他還是被她那爽朗率直的笑臉所吸引，在不知不覺間，他開始認真的思考自己是否喜歡這一個人……

只是，他終於察覺到自己感情的時候，女孩在臉書裡公布——她跟別人談戀愛了。

再也不能夠挽回。

因為自己的後知後覺。

因為當初的沒有珍惜。

因為不夠細心，因為沒有微笑，因為太過懶惰，因為不懂主動……

他一直陷在這一種自責的情緒，一直都在想，如果可以再回到當時，如果可以再重來一次……

然後，半年後，他遇上另一個她。

另一個，與她有一點相似的她……

這一次，他跟自己說，不會再輕易錯過這一個人。

再不要讓自己抱憾，再不要回到一個人自責的那些時光。

《避你》

打電話給你，沒有接聽。
發簡訊給你，沒有回覆。
已不記得傳了多少封沒回音的電郵。
已不清楚你是否故意忽略我的留言。
兩個月前買下的演唱會票，如今只有我一個前去。
後來聽說，在開演的首天你已跟別人去了。
說過要一起旅行，現在也不用再計劃。
一個人逃得再遠，還是逃不離你的身影。
一切來得很突然，也去得很自然。

「分手吧，好嗎？」你在 whatsapp 這樣說。
毋須我的回答，你就從我的生命中消失。

彷彿早有預期，以前竟與你談起過，日後若分手要怎麼相處。
「就算分手，你都會是我的好朋友。」我認真的說。
「傻瓜！你現在想分手嗎？」你沒好氣，斜眼笑望我。
當然，我不會想；我曾經以為，你也不會想。
所以，一定是我什麼地方做錯了。

一定是我有所不足。
是我不好，不夠努力，不夠愛你。
如果我夠愛你，如果我夠努力，如果……

「不要再為我繳電話費了，我已把錢存回你的戶口。」
這是自你走後，第一則傳給我的簡訊內容。
然後在你走後的第十七天，我收到你寄給我的一封信。
信件內，就只有我以前給你的大門鑰匙。
不明白，為何你要這麼對我。
想明白了一些，往往又會不明白另一些。
沒有答案的謎題，每天都挖空我的心神。
沒有你在的身旁，每晚都侵蝕我的堅強。
然後，聽說，你搬家了。
聽說，你去過日本旅行。
聽說，你看了偶像的演唱會。
聽說……其實都是從你的 facebook 得知。
「In a Relationship with Chan Hak Kin」
看到這一句，我把螢幕立即關上。
不停跟自己說，什麼都不想知道，也不要知道。
但另一把聲音卻說：是你，變心了。

分手前的第三天，打電話給你，沒有接聽。
即使我碰巧從對面的街道看到，你將掏出了的手機放回口袋裡。
分手前的第五天，發簡訊給你，沒有回覆。
即使那則簡訊是告訴你，我生病了不能赴約……

分手吧。
好嗎？
其實根本就沒有好不好。
也從來輪不到我去作主。

到後來，我把電郵傳到你不會再用的舊郵箱裡。
到後來，我選擇不再在你的網誌留言。
雖然偶爾，我仍會打電話給你。
雖然依然，你沒有接聽我的電話。
生日時，不會再收到你的祝福。

你生日，也不再需要我的陪伴。
我在自己的 facebook 留下的各種近況，你也不會理睬。
縱然我的名字，仍然存在於你的 friend list 裡。
偶爾，在街上碰到你，你會裝作沒看見我。
偶爾，大家報名了的朋友聚會，你會突然不出席。
一次、兩次，不再與我接近，將所有絲線剪斷。
十次、百次，已經教我無盡卑微。
為什麼要這樣待我？
為什麼要形同陌路？
曾經我們是那般地親近。
曾經我們是多麼的快樂。
現在我卻只能從冷冰冰的螢幕中窺視你。
那麼遙遠，那麼不可拉近。
曾經想，打電話給你，跟你說我已沒事了。
曾經想，傳 mail 給你，告訴你我過得很好。
曾經想，寄你生日卡，祝你生日快樂。
曾經想，用各種方法，祝你永遠幸福……
曾經想，將你的相片統統撕掉。
曾經想，將你送的禮物全部捨棄。
曾經想，不停打電話到你接聽為止。
曾經想，扮成陌生人去你的網誌留言。
曾經想，故意去你工作的地方讓你驚愕。

曾經想，在 facebook 跟所有人說不愛你了。
曾經想，在你 facebook 與他的合照裡按讚。
曾經想，入侵你的郵箱，看你有沒有刪除我的 mail。
曾經想，不顧一切跑到你跟前，問你為什麼要避開我。
曾經想，在情人節的晚上傳你簡訊說：「我還愛你」。
曾經想，找一個與你相似的她，就此把你替代。
曾經想，一死了之。
曾經想，讓自己意外失憶。
曾經想，多麼想，回到過去……
曾經，很久很久以前的曾經。
你說，結婚之後，要生一個小男孩。
要有一個簡簡單單的小家庭。
那是我曾經最幸福的一個夜晚。

兩年後，你終於主動找我。
在你決定要與他結婚的時候。
你致電給我，說想給我請帖，想出來，見一見面。
我婉拒了。
一直以為，當你終於肯面對我，我會將這些埋在心底的話，都告訴你。
但當來到真正面對的一刻，自己卻只是說了一句「對不起」……
我看著鏡子裡那張蒼白的臉。

笑不出來，無法自然平常的笑著祝福……
這些年，你一直都避著我。
如今，終於輪到我要避開你。

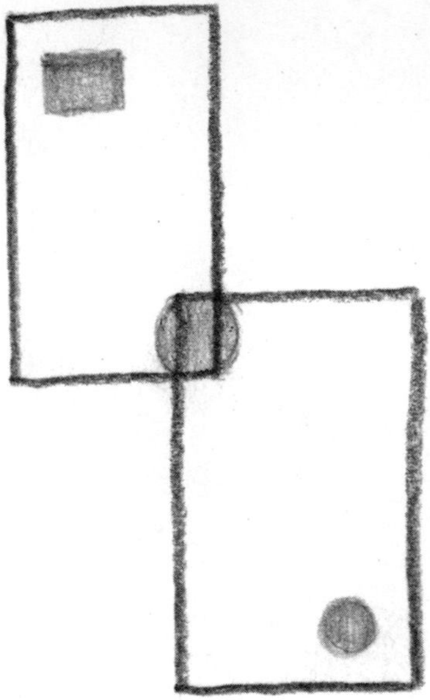

《手機》

她看著他，他一直看著手機。

已經快半小時了。

這頓晚飯，從開始點餐、喝湯、主菜、飲品、甜點，大部分時間，他都在看著手機。

而她，就大部分時間，都在一個人失落。

「喂。」

她開口嚷，他抬起眼一下，見她沒有話說，於是又再低下頭。

「喂。」她再嚷。

這次，他連眼眉也沒有揚起。

是什麼時候開始，變成這樣的？

明明已經，並不是時常可以見面……

「是呢，你有看我昨晚在臉書貼的那段影片嗎？」她試著打開話題，「那個人很有趣啊，在鬧區裡……」

「是嗎，看不見呢。」他看著手機回答。

但她知道，他昨晚曾經按過別人的臉書讚，而且還不只一個，偏偏就漏看了自己的。

這種情況已經不是第一次了。

自從多了臉書，她可以每天知道他的近況。

即使不見面，也可以知道他最近喜歡什麼、工作有什麼不如意、和朋友幾時有約。

然後，她又會發現，自己是怎麼被他所忽略。

她本以為，將自己的生活都放在臉書裡，就算平時大家沒時間見面、通電話，但他還是可以有機會去了解自己的事情。

即使相隔再遠，兩個人還是可以依靠網絡，繼續同步。

但如果對方從來都沒有留心，那麼在臉書貼得再多，也都是沒有用吧……

其實，她也不是真的喜歡透過網絡來知道對方的事情。

如果可以，她還是想每天講電話，用聲音語言來直接溝通；即使沒有什麼重要的事情要講，但是能夠聽一聽對方的聲音，感覺就會變得很不一樣。

可是現在，手機卻變成用來上網、玩遊戲的工具，不論在見不到的時候，還是在見得到的時候。

其實有什麼事情，比眼前的人更重要呢？

她看著他，他依然在滑手機，於是她只好拿出自己的手機，打開了 whatsapp。

在 whatsapp 裡，沒有新的簡訊。

但最近，她已經習慣了，就算沒有收到新訊息，都會打開 whatsapp 來看。

看的，是與他的對話欄。

看的，是左上角的最後上線時間。

不論是清早、中午、夜深、凌晨，都仍是忍不住去追看。

每次，都會看到不斷變更的最後上線時間；每次，對話的人也不是自己。

就像如今，狀態欄顯示「在線上」，他的手指按了又撥，一直都是在線，不知道與誰正在對話。

是誰呢，是誰……是誰會比我重要？

每晚，她都為著那一個不知道的誰，而想得太多。

如果問他，他總會回答，是朋友，是同事，是以前的同學，是舊時的朋友。

但朋友也有很多種，新朋友是朋友，有好感的朋友是朋友，舊情人是朋友，想發展的對象也可以是朋友……

看得太多，想得更多，只會增加不安全感。

可要自己忍住不去看，她又做不到。

有人說，資訊科技愈發達，就愈能拉近不同人的距離，即使相隔多遠，天涯若毗鄰。

但她覺得，科技愈發達，自己的距離反而與他愈來愈疏離……

是這樣嗎？她放下手機，看著他，已經在一起兩年的他。

或者，這些都不過是藉口。

並不是手機的錯，並不是那些誰與誰的問題。

也許一切都只是因為，彼此的感情開始淡了……

「喂。」她嚷。

「唔？」他看著螢幕，笑應。
如果未淡，此刻的微笑，應該是屬於螢幕另一端的自己。
「不如，走吧。」她說。
「哦。」他看著手機，沒有其他動作。
是懶了，還是冷了？又抑或是，一種慣性的忽略？
她不知道，但如果只是繼續默默看著，她知道，這種狀況是始終不會好轉。
再猜再想下去，到最後大概會變成跟他一樣，變成只會低頭看著手機的人吧？
即使明明，最重要的人就在眼前。
即使其實，有滿滿心意想要對方知道。
不努力，不振作，就等於放棄了。
她呼了一口氣，將原本放下的手機拿起，打開whatsapp，輸入：
「喂。」
「可以抬起頭，看看我嗎？」
然後，按下發送，然後他的手機，響起了收到訊號的聲音。
他看見訊息，呆了一下，忍不住抬起了頭。
只見到面前，是一張親切的笑臉。
「嗯？」
「我很想見你。」

「傻瓜。」他抓抓頭，喝了一下飲料，說：「不如走吧。」

「好啊。」她依然在笑。

他看著她，覺得有點奇怪，但過了不久，他又是重新看回自己的手機。她看在眼裡，她知道，這並不是一朝一夕就可以改變的習慣、就能夠重新拉近的距離，但沒關係，只是他仍然在自己身邊，只要他還是沒有離開……

就算心隔多遠，她還是要把他重新拉回來。

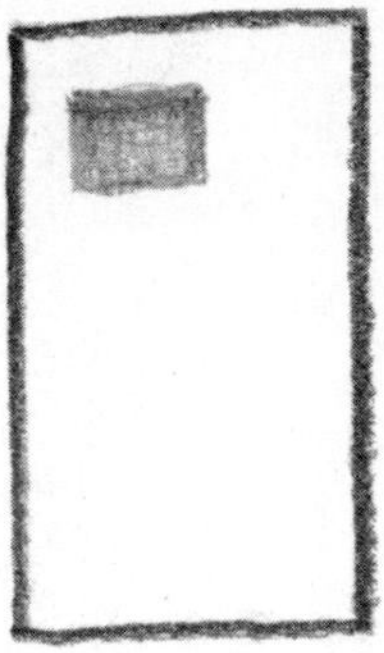

《位置》

有一首歌曲，叫《最佳位置》。

每次聽見這首歌，她就會想起一個人。

小琳：「喂~~」

墨七：「唔？」

小琳：「好睏喔！」

墨七：「那麼為何還whatsapp？~_~」

小琳：「:p」

小琳：「我看到你在臉書打了一句『共你也許　真的不容易』，是《最佳位置》嗎？」

墨七：「是呀，你有聽過？」

小琳：「當然有啦，我喜歡趙學而唱的。」

墨七：「趙學而有唱過嗎？我都不知道@@」

小琳：「當然有啦，很好聽的。」

墨七：「我現在才知@@」

墨七：「~_~」

那時候，她有男朋友，他有女朋友。

兩人是清楚知道的，雖然彼此沒有說明太多。

她，會在他與女朋友冷戰吵架時，陪他聊天說笑。

而他，又會在她男朋友沒空陪她時，與她四處亂逛。

「為什麼你的男朋友總是不陪你？」
晚飯時，他按捺不住心中好奇，這樣問她。
「他有自己的事情要做嘛。」
她簡單的回答，手中叉子將義大利麵捲了一圈又一圈。
「我記得，他這星期好像都沒有見過你吧？」他苦笑。
「是呀。」她笑了一下。
「這不會很過分嗎？」他搖頭，又說：「哪有男朋友這樣對女朋友？」
「你自己不也是經常跟女朋友吵架嗎？」
她揶揄他，將手中捲了好幾圈的義大利麵放到他的盤子上。
「你又不吃？」他苦笑。
「你瘦呀，吃多一點啦！」
她這樣說，看著他無奈將義大利麵吃下，心裡在笑。
大家都知道，彼此都心有所屬。
所以，一些感情、一些行為，可以發展得更加自然、更加沒有顧忌。

「想不到，你對買衣服也這麼講究呢！」
她說，拿著他替她挑選的長身襯衫仔細察看。
「平時我會陪阿琪買衣服嘛，看得多，所以就有點研究了。」

「她喜歡什麼牌子的衣服？」她問，將襯衫放回掛衣架上。
「唔……b + ab 啦、Agnes b 啦、H&M 啦，還有一些牌子是我不認識的……」
「我也喜歡 Agnes b 呢。」她笑。
「嗯，阿琪最喜歡那裡設計的錢包。」他邊說，邊拿起一件吊帶裙給她。
「這件好嗎？」她微微皺眉，她自己很少穿吊帶裙。
「這件你會穿得好看呀。」他說，又看了看她的身形。
「……真的？」
「真的。」他笑著肯定。
之後，她拿了吊帶裙走到更衣室。

能夠跟他走得這麼近，她感到幸運，亦份外珍惜。
但愈交往下去，對方在自己心裡面的位置就愈顯重要。
他也會跟自己一樣，愈來愈重視自己嗎？
她好想知道。

「喂。」
夜深，她打電話給他。
「嗯，什麼事？」

他應道，但似乎心不在焉。
「明天你會做什麼？」她問。
「明天……要上班嘛，你不用上班嗎？」他答得理所當然。
「要……」她的語氣很意興闌珊。
「怎麼了？」
「明天不上班可以嗎？」
「為什麼？不行啊，明天公司有重要的事做，可能還要加班呢……」
加班，聽到這兩個字，她更加心灰。
「沒事了，不打擾你啦！」
「呃？做什麼啦？」
「沒有呀，拜拜！」她喊，然後掛斷他的電話。
心裡埋怨，那個豬頭，竟然不記得明天是自己的生日……
門鈴卻在這時候，響了起來。她有點猶豫，但一轉念，就立即趕過去開門。
「生日快樂！」
他竟然就站在她的門外，手裡捧著一個小小的、點了蠟燭的生日蛋糕。
「你……為什麼會來到這區？」她太過驚訝，想起他不是住在自己附近。
「只是這晚剛巧在附近，所以就想給你驚喜囉。」他笑答。
「多謝你。」
除了這一句話，她已經不知該說什麼好。
他又說：「對不起，明天真的有事要做，不能陪你慶祝……」
「工作要緊，沒關係啦。」她打斷他。
真的，真的已經沒關係了。

只要知道自己在對方心裡，原來有著這麼重要的位置。

每天上班，他們都會見面。
每個晚上，他們都會講電話。
每當什麼事情發生，對方都總是第一個知道。
每有什麼痛快或不快，都想有對方在自己身旁。
重要的程度，似乎比自己身邊的另一半，有過之而無不及。
但是縱然如此，兩人還是維持在好朋友的階段。
只因為，是的，他有女朋友，她，也有男朋友……

「就快聖誕節了。」
「是呀。」她應道，心裡無精打彩。
「那幾天打算怎麼過？」他問她。
「還沒決定……」她微微搖頭，反問他：「你呢，會怎麼過？」
「唔……平安夜已預約好餐廳了，二十五那天可能會去澳門，二十六就還沒決定。」
「哦……」
「你不去迪士尼嗎？你之前總是說想去迪士尼嘛。」他笑說。
「可能啦。」她也微微笑，轉移話題：「最近有什麼電影好看？」

她知道，就是因為各自都有著另一半，所以他才會跟自己發展出這種比知己還親密的關係。
如果自己沒有另一半呢？
可能，他會開始疏遠自己，甚至在一開始，就不會跟自己親近。
但是，這種要裝作有男朋友的日子，實在好累。
生日的時候，她只能自己一人慶祝。
聖誕的假期，她也只有自己獨自度過。
他以為她有「男朋友」陪自己，他也要一盡身為別人男朋友的本分。
這種微妙的關係與情況，她在一開始的時候，其實就應該已經明白。
在最初喜歡他的時候，就應該已經明白。

小琳：「有時還是會覺得很神奇。」
墨七：「為何這樣說？」
小琳：「跟你會成為好朋友囉。」
墨七：「你不想嗎？=)」
小琳：「不是不想=)」
墨七：「那開心嗎？」
小琳：「開心。」

墨七：「開心就好了。」
小琳：「不過還是會覺得奇妙就是啦。」
墨七：「～──～」
小琳：「喂，阿琪有沒有吃醋過？」
墨七：「沒有。」
小琳：「竟然沒有？」
墨七：「我很少跟她提起你。」
小琳：「哦……」
墨七：「怎麼這樣問？」
小琳：「為什麼你不跟她提起我？」
墨七：「……為什麼要說？」
小琳：「沒有啦，只是覺得提起也很平常。」
墨七：「然後她就會發我火～──～」
小琳：「但我們就只是好朋友嘛。」
墨七：「是……」
小琳：「那好好跟她解釋，不就行嗎？」

最後，他沒有回答她。

其實她自己也發現，這種沒有言明的情況，並不只出現在他的女朋友身上。

她與他的好友關係，身邊的朋友們大多都不知道。

在一群朋友的聚會裡，兩人總是會保持著一點微妙的距離。
她自己沒有刻意去與他疏遠，但兩人從不會在其他人面前表現得太親密。
不是不會，是根本沒有可以接觸的機會。
當兩人獨處，他們會有各種親密的言談；但在其他人面前，他們就猶如初相識。
縱友好，也是不為人知。
想到這裡，她苦笑了。
與其說是一對好友，不如說，是不見得光的曖昧。
然後這時候，收音機的電台節目剛好播放起《最佳位置》這首歌。

「無論你喜歡誰　請你記住留下給我這位置
時常在內心一隅　空出幾吋為我堅持
同度半生　亦有張椅子
是否愛還是其次
只想你依然　亦想得起我不是　任你處置……」

詞／黃偉文　曲／馮穎琪

最佳位置。
但也可能是，最差位置。
也許，從一開始喜歡上他，從一開始他就有另一半，這個位置就已注定不好安坐。
帶著一點僥倖心，希望會有奇蹟出現，想要去佔有這位置，才會令一切變糟。
就算天天見面，就算多麼友好，對方還是不會完全地、對自己認真。

凌晨，她打電話給他。

「唔……什麼事？」

「記得我們認識了有多久嗎？」她忽然這樣問。

「差不多一年吧？」他回道。

「一年了嗎……」

「是呀。」他感到奇怪，又問：「什麼事？」

「其實，」她平靜的，呼吸：「我從來都沒有男朋友。」

他沒有作聲。

「我……」

他依然沒有回應。

最後，她將說話收起，讓微笑來替代，靜靜掛線。

以後，他沒有再與她通過電話，沒有聯絡。

她終於知道，自己的真正位置。

《止痛》

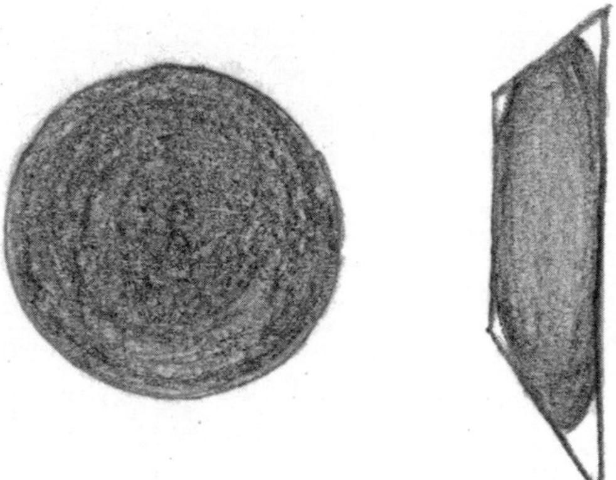

那天，她約我到海邊，跟我說，她放棄了。放棄再繼續去喜歡，她好喜歡的那個人。

我問她，她看回我，眼神帶著些微責怪，彷彿我問錯了問題、甚至是不該問她。

「為什麼呢？」

「想好好專心工作嘛。」一向都不甚熱衷工作的她，這樣回答我。

「……是藉口吧？」

「才不是藉口。」

她笑了一下，又說：「整天為另一個人想這想那，不如留多些時間做其他事情。」

「喜歡一個人會很花時間嗎？」

我又問，心裡同時回想自己的情況，喜歡了誰，還不是一樣有時間在發呆。

「你不明白的，喜歡上一個人，那一種思想與身體不屬於自己的感覺會有多強烈。」

說完她嘆氣，我卻忍不住想笑，回道：「我每天早上起床上班，都會有這些感覺呀。」

「那你就快點辭職吧。」她白我一眼。

「可惜我還沒中樂透頭獎。」我學著她嘆氣，又問她：「不覺得可惜嗎？」

「可惜什麼？沒中樂透？」她裝傻。

「我是說，不再喜歡下去。」

「……為什麼要喜歡下去？」

「不是為了什麼，」我感到她不耐的眼光，唯有簡短的說：「你是那麼的喜歡他嘛。」

「那又可以怎樣呢？」她冷冷的，彷彿與她無關，「我都已經被他拒絕了呀。」

終於說出重點所在。

「你跟他表白了？」我試探地問。

「沒有。」她頓了一下，過了一會才說下去：「是他自己昨天說現階段不想談戀愛。」

「無緣無故說起的嗎？」

「或者他有心。誰知。」她冷笑了一下。

「唔……那他都只是說他不想談戀愛罷了。」

她惱怒地說：「不喜歡就不喜歡囉，為什麼要這樣的明著來暗示？」

「你都沒有說過喜歡他嘛……」我有點無奈。

「我覺得我已經表現得很主動了。」

看著她的倔強眼光，我嘗試回想這陣子她跟我提過她所做過的主動……晚上與他 whatsapp、放假不時約他跟其他朋友去爬山、去對方的blog留言……

其實都是很普通的朋友式接觸與交往。

我猜，她表現得最讓人覺得主動的，就是與對方相處時，眼裡所流露的那點不自然吧。

「坦白說，我覺得，」我吸一口氣，才說下去：「若我是他，都未必會喜歡上你呀。」

「為什麼？」她反應很大，果然。

「我跟你本來都不熟，為什麼我要喜歡你？」我說，不敢笑。

「……你不是他，有些事情你不會明白囉。」她忽然拋出了這一句。

「原來還有內情？」

「他平時都對我很好。」

有些人對很多人都很好，但我放棄去提醒她。

她又說：「我一直以為，他對我都是有意思的，但現在他這樣說了，我不得不放棄吧？」

「可能他也是對你有意思，只是不夠喜歡吧？」我假設。

「但也可能是完全沒有喜歡囉。」她立即反駁。

「將來可能會有轉變嘛？」

「也可能一直不會轉變？」

「是、是。」我呼口氣，又再問她：「所以，就真的要放棄了？」

「是呀。」

「其實，繼續喜歡下去，也沒有壞處嘛？」

「……你似乎不了解那種滋味呢？」她冷笑一聲，「怎會沒有壞處？」

「我知道，你會感到失落，也會心痛，這些都是已有的結果。」我凝視著她，嘗試跟她分辨明白，「但喜不喜歡下去，卻是另一回事；你是希望自己不要再喜歡下去，讓那些心痛的感覺可以早些淡化嗎？」

「……就是這樣。」

「但就算你想放棄了，也不是真的可以自主地不再喜歡一個人嘛，那些心痛的感覺也不一定會隨著自己放棄而就此消滅。」

「只要不再見他，不再找他，我知道我可以的。」她說，面無表情。

每次見到這種表情，我都感到有點洩氣。

其實不只是她一個，跟我說起類似的事情，都有過這樣的表情。

大家都太過敢於放棄，很少人會堅持下去。

問為何如此，答案是——怕痛。

我搖一搖頭，苦笑說：「這樣下去的話，會連朋友也做不成了？」

她沉思了一會兒，低聲說：「本來一開始，就不打算是做朋友。」

是的。

本來一開始，目的就不是如此。

本來一開始，我們就喜歡上一個人，我們慶幸遇上了喜歡的人……

還記得她當日向我宣布自己喜歡了他時的那抹神采。

我沒有說下去了。

靜靜讓淚水埋在右肩裡，眺望星光，為這份不能再延續的喜歡悄然嘆息。

《十分》

風不斷吹，心依然亂。
我拿起手機，翻到你的通訊錄。
螢幕上，有你的笑臉。
有一組我已記熟的號碼。
還有一個刪除的鍵。
是時候，要將你從此放開了，我知道。
但看著你的笑臉，想起你的笑……
那按鍵，彷彿與指尖相隔著幾千億光年。

「如果不喜歡，就應該忍痛放手嘛。」
你苦著笑，彷彿很有經驗的這樣說。
「可是……Alex 對我很好。」我低聲，又望你。
「對你好，所以你就要跟他在一起。」你又笑。
「一直都少人對我好嘛。」我無奈。
「但如果一起的時候不快樂，那就不應勉強下去。」
你頓了一下，忽然向我眨眨眼，笑問：「那如果我對你好，你是否又會跟我在一起？」
我不知如何回答你了。

你其實很好，真的。
你的好，與 Alex 刻意對我的好不同。

打開簡訊欄，內裡都是你噓寒問暖的簡訊。
看見我的時候，你總會對我溫暖的笑。
我病了，你會帶我去看醫生；累了，就陪我看大海，從不嫌悶。
你總會在我最需要的時候，給予那窩心的溫柔。
彷彿自然而成，彷彿絲絲入扣。
彷彿，是早已注定了的。

「你注定是要被我剋住啦！」
我興奮的嚷，第三次將你的飛行棋打掉「返大陸」。
「為什麼總是這麼巧？」你裝出歇斯底里的表情，十分搞笑。
「你慢慢重新開始吧。」我快樂地將自己的棋子一步步送往終點。
「喂。」
你忽然喚。
「嗯？」我看看你，你的眼神有點認真。
「現在有比之前變得開心點吧？」

「……有啊。」我答得不自然。
「那就好啦。」然後你又笑了。
接著你的棋子打掉我的，我倆在咖啡店內吵嚷起來。

與你在一起，我可以放下自己的面具。
過往，不論對著家人、朋友、同事，甚至是 Alex ，我都會盡量想迎合他們。
因為我怕，只要自己達不到別人的期望，他們就會不喜歡我。
不喜歡我，就只會剩下我一個人了。
因此即使不喜歡，我還是順著爸爸的意願，一個人去澳洲留學。
然後在那邊，又剩下自己一個人。
是在那時候認識 Alex 的，他對我很好，讓我感受到難得的疼愛。
可是，我並不是真的喜歡他，或者說，感覺不到自己很喜歡他……

「你要多喜歡一個人，才會跟一個人在一起？」
有天我這樣問你。
你呆了一下，才懂得回應：「怎麼這樣問？」
「忽然想到而已。假如十分為滿分，你要有多少分喜歡才會跟對方一起？」

「唔……很難說吧，一般人都是五、六分就會跟別人在一起的。」你抬起頭說。

「為什麼呢？那即是他們並不是太喜歡對方吧？」我搖頭。

「有些人會想，在一起之後就可能會變得更喜歡嘛。」你忽然苦笑一下。

「但也有可能變得更不喜歡。」

「這很難說的，畢竟人人際遇不同，將來是否有好結果，要將來才知道。」

「我可是不想再錯多一次了。」我微微苦笑。

「算啦，最後你不是也跟他分手了嗎？」你拍拍我的頭。

「喂。」

「嗯？」

「你還沒回答我問題呢。」我笑，再一次問你：「你要多喜歡一個人，才會跟一個人在一起？」

你啞住了。

在你的身邊，我可以隨心所欲地做回自己。

或者是因為你的個性隨性，或者是因為你是一個善解人意的人。

但我知道，是因為自己真的喜歡你這個人。

因此，我總是可以毫無掛慮的對你笑。

敞開心懷對你說自己的煩惱。
有什麼重要的事，我都會想先要告訴你。
沒心機的時候就沒心機，因為之後你一定會逗我笑。
想念你的時候就想念你，因為你總是會讓我找得到。
我喜歡你，我知道。只是……
我不知道你的想法。

「你總是這麼花時間陪我，你的女朋友呢……」
有天，我終於忍不住這樣問你。
「她在外國嘛，我時間多得很。」你笑著吐舌。
我知道你們已經很少聯絡。
「為什麼……你們當初會在一起？」我微笑著。
「唔……好像沒什麼原因。」你搔搔頭。
「因為有十分的喜歡？」
你默然一會，輕輕呼口氣，說：「那時候沒有想這麼多。」
「那麼能不能，」我凝看你，「現在不想這麼多嗎？」
你沒有回答。
只是笑一笑。
然後那天，你讓我牽著你的手。
可是，然後……

那天之後，你漸漸減少來找我。
或者明確一點說，是你變得若即若離。
雖然我生日的時候，你還是會特地替我好好慶祝。
當你為我唱生日歌時，讓我忍不住哭了。
我失眠睡不著，你仍是肯陪我講電話。
只是，你的聲線有著一點刻意的冷靜……有時候，你會好幾天、甚至一整個星期都不找我。
有時候，你沒有接我的電話……
其實你是不喜歡我嗎？
也許你只是覺得我可憐，才走來跟我親近而已。
你的人好，你有很多朋友；而我只是你的其中一位，當你以為我生活過得好了，你就不會再關心。
是這樣嗎？
是這樣吧……

「最近外面風比較大，記得穿多些衣服。」
在離別的時候，你這樣叮囑。
「你關心我嗎？」我輕鬆的笑問。
「我當然關心你。」你有點不自然。
「那麼……你可以吻我一下嗎？」我依然在笑。

「你不怕我會狠吻你嗎？」你亂說。
「我知道你不會的。」
「……為什麼？」
「因為你知道我是認真的，我知道。」我看著你。
你沒作聲，也沒有半點動作。
最後，我笑了，說：「嗯，我知道你的答案了。」
然後，我默默轉身。
你卻挽著我的手，輕輕吻了我的臉頰。

如果你是愛我……
那麼能不能，就對著我說愛我？
但如果你是不愛我……
那麼，能不能對我說不愛我？
但是你始終沒有給我回應。
你依然對我若即若離，甚至愈來愈少找我。
漸漸的，我也像是習慣了你沒找我。
看著你的 whatsapp 不在線，我會想你是在忙著工作。
看著自己的手機，我會想你是在忙工作、沒空講電話。
雖然我知道，我只是在自欺欺人而已……

「昨天找了你一整天，都找不到你呢！」

電話裡的你，有些生氣。

「是嗎？對不起，昨天我的手機壞了。」

我這樣說，其實是我故意把手機關機。

「……那現在修好了嗎？」

「修好了。」

然後我們好一會都沒有作聲。

「你找我有什麼事嗎？」最後我問你。

過了好一會，你才回答：「沒什麼，不打擾你了。」

接著你掛斷了電話。

我吸一口氣，昨天是我們認識的一周年。

之前我曾跟你打趣約定，認識一周年的時候，要到迪士尼樂園看煙火。

那時候你卻說，煙火有什麼好看，而且你不喜歡迪士尼；但最後你還是答應了我。

其實我是想跟自己喜歡的人，一起看一次煙火。

但是如果對方也喜歡自己，那有多好……

但是可能你也已經忘記了。

忘了這個約定。

忘了我這個人……

手機卻在這時候響起接收訊息的聲音。

是你傳過來的，我連忙將訊息打開。
內裡只有一幅，璀璨的煙火夜照。

之後，我就再也找不到你了。
你沒有再接聽我的電話。
whatsapp，也沒有再上線。
你完全地在我的世界消失。
雖然我還是可以傳電郵或在你的臉書留言給你。
但當我看到，你臉書裡出現你女朋友回港後與你一起的合照，我就打消這念頭。
雖然，心裡會有多麼的不捨……
雖然，心依然會痛……

「真奇怪呢，明明你都想分開，但是到真要分開的時候，你又會心痛。」
你笑著嘆氣，又拍打我的頭。
「女生就是會這樣嘛！」
我哽咽著，有點生氣地將你的手甩開，又嚷：「你分手的時候原來都鐵石心腸？」

「我沒有試過與人分手。」你做鬼臉。
「你的女朋友……是你的初戀情人？」我訝異。
你繼續做鬼臉，不回答我。
「真幸福。」我口不對心。
「當我傷心或失意的時候，我會去石澳的沙灘看海。」忽然你這樣說。
「看海？現在？」那時候，是寒冷的十二月。
「被海風吹著吹著，所有煩惱彷彿都會被吹走，很舒服的啊。」你笑。
「不會先感冒嗎？」我也苦笑。
「傻瓜，你可以在天晴的時候才吹海風嘛。」
「但……一個人吹海風，怪怪的呀……」
我皺著眉，然後就看見你看著我微笑……
最後，我也跟著你一起，笑了。

也許你不知道。
是在那一刻開始，我才禁不住對你傾心的。
可是，一切已經成為過去，現在又來到了另一個寒冬。
我又變成一個人。
獨自坐在這偏僻的海岸。
看著冷冷的大海，迎著風。
想著你的笑，想要忘記你。

然後我才發現，根本忘不了。
即使按鍵將你的通訊錄刪除，即使以後都不會再見到你……
結果還是一樣，我依然會想著你、念著你。
然後又會想起與你有過的快樂、有過的約定。
然後又會每夜為你失眠、心痛……其實所有煩惱，都是我自己找回來的。
其實只是我自作多情，其實只是我不懂去珍惜你。
如果我一直跟你是好朋友，如果我不對你要求那麼多……
也許，這天你還會陪我繼續看海？
也許，我們仍是會友好如昔。
也許……
也許我會不甘心。
也許我會依然想你愛我。
也許會想你跟我在一起，然後走到最後最後……
我不知道。我真的不知道。

「傻瓜，為什麼哭？」
忽然背後傳來一把聲音。
接著一隻熟悉的手，輕拍著我的頭。
我趕緊轉過臉，竟然看到你在我身後。
「為什麼……你會在這裡？」我心裡實在驚訝。

「你都沒回答我，就問我問題。」你苦笑。
「……回答我。」
「碰巧吧。」你在我身旁坐了下來。
「……有這麼巧？」我不相信。
「是我介紹你來石澳吧。」
你這樣說，我才記起，這裡是石澳，的確是你以前帶過我來的。
「那麼……」我別過臉，看著大海說下去：「你來這裡，是因為不開心嗎？」
你不作聲，只剩下海風與浪聲在你我之間流過。
過了好久，好久，你終於開口：
「她要回澳洲跟別人結婚了。」
我微微一呆，轉念一想，才明白你口中的「她」，是指你的女朋友。
「幾時的事？」我問。
「已經走了。」你答非所問。
「……所以，你就來看海？」
你又沒有作聲。
你只是輕輕抱著我，讓我的頭挨在你肩上。
一陣久違的溫暖，我合上眼，想哭。
「喂。」
「嗯？」
「能不能告訴我……」
「唔？」
「算了。」

我放棄了，不敢再問。
我怕問得再多，怕再像以前般，你怕我逼得太緊，然後又會避開我。
我不要再這樣，何必要再這樣。
只要這刻，你能夠陪在我身邊，其實就已經足夠……

「傻瓜。」
你忽然輕聲。
打開我的手心。
用食指，寫上兩個數字……
「……是認真的嗎？」
雙眼的淚，已經再忍不住。
「傻瓜。」你又輕拍我的頭，說：「從一開始，就已經認真了。」
「有多認真？」我笑著問，雖然同時也在哭著，「如果十分為滿分的話。」
你低下頭，微笑看著我。
後來你沒有給我答案。只願以後，不用再知道這個問題的答案。

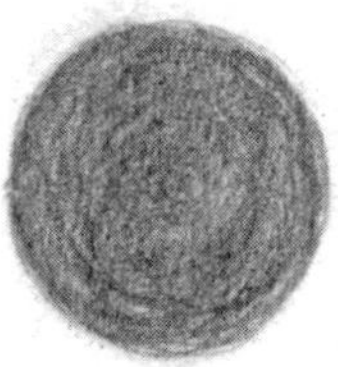

《密友》

從前Gigi和Matthew兩人，是一對朋友。

在Matthew心裡，Gigi是自己的好朋友；在Gigi心裡也是一樣，只是她會有一點區分。

如果「好朋友」也有分「親近」與「不親近」的，那麼對Gigi來說，Matthew無疑是屬於「親近」的一類。一直以來，Gigi真正認為親近的好朋友就只有四位，而Matthew，是她的第四位「密友」。

第四位，並非指認識的先後次序，而是指在Gigi內心的重要性所作出的排名。

可能有人會問，「重要性」是指什麼？是看兩人之間的感情深厚，還是看大家相處時投不投契？對於這一點，其實Gigi自己也沒有一定的準則。

就好似，Matthew是她讀大學時的同學，但名次就沒有高過她畢業後才認識的Tommy。

又好似，Matthew在很多方面都十分了解Gigi，但名次也沒有高過對她不甚了解的Zeta。

或者，就讓我們先看看Gigi心裡密友的排名順序。

第一位密友，是她中學的同班同學Tracy。

從認識開始，她與Tracy就十分投緣。在學校裡，兩人經常形影不離，陪伴對方一同經歷過各種成長的苦與樂，即使後來兩人升上不同的大學，她們也幾乎每星期見面，感情變得日漸深厚。在 Gigi 的心裡十分肯定，就算將來再認識再多新朋友，自己和 Tracy 到老都會是一對好朋友，最好的好朋友。

第二位密友，是讀中學時認識的 Zeta。

Zeta 以前曾經跟 Tracy 談過戀愛，而 Gigi 當時也暗戀過 Zeta。對於自己喜歡的人跟自己最好的朋友在一起，Gigi 也只能無可奈何。可是縱然如此，這始終不影響她跟 Zeta 的友好關係。後來 Zeta 跟 Tracy 沒再一起了。Gigi 和 Zeta 偶爾會約出來見面，一起把臂同遊，說說彼此的戀愛近況——Zeta 在 Tracy 之後也有其他的新女朋友。或許 Zeta 其實也感到 Gigi 對自己的心意，但他還是只想與她保持朋友關係，Gigi 亦一樣，寧願在男朋友以外留一個特別的「朋友」位置，偶爾約會一晚，已經足夠。

第三位的 Tommy，本身是 Gigi 同事的朋友。兩人在一次聯誼裡認識，她當時就已感到 Tommy 對自己有一定的興趣，只是沒有點破或退避，因為 Tommy 實在是一個不可多得的人。

也許因為他過往豐富的交際經驗，在 Gigi 眼裡，Tommy 為人成熟、有風度、有幽默感，且又善於炒氣氛，有他出現的場合，他都可以輕易令在場的人感到如沐春風、盡興忘返，只要他願意的話。亦因為如此，不少朋友都會邀請他出席各種有趣的活動，而 Gigi 自然也有機會一同參與。可以說，Tommy 是她最佳的玩伴，在自己沒有男朋友的時期，他曾經陪她度過無數個沉悶周日。只是她也知道，Tommy 願意花這麼多時間於自己身上，為的只是想與自己發生關係而已。

偶爾，Gigi 會向 Matthew 訴說，Tommy 最近又怎樣藉故約自己、想有進一步發展。每次 Matthew 都會忠告 Gigi 要提防 Tommy 這個人。但 Gigi 始終又會覺得，Tommy 本身在外面有無數女伴，「目標」不只一個；而且大家也是成年人了，懂得什麼該做與不該做，毋須太過擔心。

漸漸，每當聽到 Gigi 這麼跟自己傾訴 Tommy 的事情，Matthew 也不再特意勸告。

在 Gigi 而言，Matthew 是她傾訴心事的主要對象。

雖然，她與他其實並不真的熟稔；雖然，她每次也只會找他說心事。

「有什麼心事，就儘管告訴我吧。」

曾經他對失意的她這麼說過。這以後，每當她有什麼想不明白、想抒發，她就會找他。Matthew 是一個極好的聆聽者，不會搶著發表自己的看法或意見，只會耐心靜聽她所說的話，然後當她說完了，他又會懂得因應氣氛甚至她的情緒，或作出一點意見，或給予支持鼓勵，或搖頭苦笑一下，又甚至只看著她陪著她而一句話都不說。彷彿他像是一個很了解自己的人，雖然未必真的可以幫自己解決什麼，但至少讓Gigi有一種安心的感覺。

當然她也可以找Tracy、Zeta或Tommy去傾訴，但每個人總有些心事是關於某個朋友、而你又不可對朋友透露太多的。例如，她會跟Matthew抱怨，Tracy近來只忙著約會而少了跟她逛街；她不只一次想向Tracy投訴、但又總覺得有點小器。而這件事如果向Zeta訴說，始終以前他與Tracy是不愉快分手，她怕Zeta不知會怎麼想。若跟Tommy說呢，大概他會叫自己介紹Tracy給他認識，或又說什麼他可二十四小時陪自己。因此到最後，她會將這心事跟Matthew傾訴，而不會選擇跟另外三位好友分享。

因此，她會跟他訴說，如今依然有喜歡Zeta，即使自己另有男朋友……

因此，她會跟他訴說，好不好跟Tommy發展一次，即使她不是真的喜歡他……

因此，她會跟他訴說，其實有多羨慕Tracy有一個很好的男朋友，至少比自己男友好太多……

但是另一方面，她不會跟他訴說，自己跟男朋友有哪些感情問題，因為她會選擇跟Zeta說，然後讓Zeta安慰她。

她也不會在心情苦悶的時候找他，因為找Tommy玩會比較容易解悶，也會比較快樂。

當然，想逛街購物談電話吃下午茶，Tracy 甚至男朋友會是她的首選。

所以，每當 Gigi 想要找 Matthew，就一定是有心事的時候；反過來說，如果她沒有心事了，她就不會找他。

甚至，不會讓他找到。

試過不少次，Matthew 致電給她，想說些什麼，她都會說在忙而要掛線，又或是沒接聽電話、沒回電給他。

有時在 Whatsapp 見到她在線，他傳她訊息，她也是不會回應，又或會談到中途突然離線，連拜拜也不說一聲。

最初 Matthew 對這些也不怎麼在意。

只是，當 Gigi 對他說，她有多重視他，當這樣的說話對他說過好幾次後，他就開始在意，自己是否真的對她那麼重要。

如果重要，為什麼她不會理會自己的近況；如果重要，為什麼她不會關心自己太多；如果重要，為什麼她不會顧及自己的感受；如果重要，為什麼她不會試著了解自己的心情……

他忽然察覺，自己的重要，其實可能只是一種需要而已。

然後他又發現，自己原來也是相當小器的。

因為他想起，為什麼她開心的時候，就不會找自己一同分享呢？最好的好朋友，又肯定不會是自己；自己太了解她，可是她了解自己的事情又有多少？她跟其他人會去吃喝玩樂去風花雪月去把酒當歌甚至去曖昧偷心，但自己就只能聽她的各種心事各種煩惱，然後說完了，下一次見面就要等她再有心事的時候。

想到這裡，Matthew 不禁取笑自己想得太多。

「有什麼心事，就儘管告訴我吧。」

明明是自己跟她這麼說過的。

那麼也不能因此而要求她給予回報、對自己好一些吧。始終，自己就只是傾聽她的心事，也沒有真正為她做過什麼。

自己不過是一個接收心事的垃圾筒而已。

因此，即使 Matthew 漸漸有些不快樂，偶爾更想對她咆哮：「可不可以不要有事情的時候才來找我！」但結果他還是一次又一次、不定時地、隨時隨地，接聽她的來電，或跑出去陪她、聽她的心事、開解她的煩惱。

然後，直到有一次，她在相隔了三個月後，又一次打電話找他。

在電話裡她對他傾訴，在一個月前她跟之前的男朋友分手了，然後兩星期後，她終於跟 Tommy 發生了關係；但

最近 Tommy 變得對她愛理不理，令她無所適從、感覺難受。她問 Matthew，應該怎辦才好，有什麼方法可以讓 Tommy 回心轉意，變得再如以往般在乎自己。

但是 Matthew 沒有回答，只是靜靜的掛上了電話。

後來，他沒有再接聽她的來電，也沒有再與她見面。即使在街上偶然碰到，或是在朋友聚會中見面，他更是冷冷的不看她，不與她說話。

Gigi 不明白他為什麼會這樣，她想了很久，最後將他這樣的行為解釋為「吃醋」。後來聽朋友說，Matthew 跟別人提到自己不再是他的朋友，她因此而感到無比的委屈，接著也跟別人宣布從來沒有當他是朋友。

從此，她與他變得不相往來。

再不是親密的好友。

也再不會記起，最後通電話的那天，原來就是他的生日。

《友情的愛》

那天因為資料搜集，找來一位不常見面的朋友，做了一次訪問——

（M：小編　K：Kathy）

M：先多謝你今天肯接受訪問。

K：你這樣說，反而讓我有點受寵若驚，哈哈。

訪問是安排在Kathy家附近的公園進行。

那天風很悠揚，陽光不太猛烈，是一個十分適合談天的下午。

也是適合談愛情話題的氣氛。

M：可不可以談談你目前的愛情狀況？

K：唔，有一個男朋友。

M：兩人在一起多久了？

K：五年了。是在情人節之後一起的……情人節那天他約我上街，糊裡糊塗地讓他牽手，之後就……哈哈哈。

Kathy是一個開朗、喜歡笑的女孩子。

最初打電話找她做訪問，她先是呆了兩秒，接著就哈哈大笑，以為是惡作劇。

但後來知道不是惡作劇，她就欣然的問何時訪問、要訪問什麼，然後沒有多想，便答應了。

她就是一個這樣的女孩。

M：本身你也喜歡他吧？

K：當然啦，否則當時就已經給他一巴掌了。

M：那如果他當時沒有牽你的手呢？又或者，他一直都沒有表白，你會怎麼辦？

K：唔……大概什麼都不會辦吧，哈哈。

M：為什麼呢？

K：因為沒有信心嘛，那時候其實都不太清楚，他是否喜歡我。

M：所以就不會，向對方主動表白？

K：或許吧，又或許，之後我們更會漸漸疏遠呢。

說到這裡，她抬頭看天上的浮雲。

慶幸她的男朋友最初有主動牽她的手，他們的關係並沒有疏遠。去年同居了，雙方家長都見過無數次，二人更已準備步入教堂。

M：這麼說來，當時的一個決定原來足以影響一生？

K：哈哈，太誇張了吧？

M：如果你一直察覺不到他喜歡你，你大概就會錯過了他，不是嗎？

K：唔……其實也不是察覺不到，只是當時對他不夠確定而已。

M：還是不確定，自己有多喜歡他？

K：也許都是，但最後，總算幸運地確定到了。

M：確定自己喜歡他、確定他也喜歡自己……

K：是啊，多虧他，哈哈。

M：以前呢，以前曾對其他人有過這種確定的感覺嗎？

這個問題，她想了好久好久才回答。

其實她是可以選擇不答這條普通的問題。

如果她不答，這個訪問也就可以完結了，我是如此認為的。

K：有試過。

M：對方是什麼人呢？

K：朋友。

M：我認識的嗎？

K：哈哈，不告訴你。

M：哈……當時有跟對方拍拖嗎？

K：沒有呢，奇怪地。

M：為什麼沒有？因為他沒有主動在情人節約你上街、牽你手？

K：不是，那時跟他也經常約會，但就只是好朋友去逛街而已。

M：很難想像，一男一女約會，卻只是去逛街。

K：難想像嗎？我們從來沒有牽手、接吻呢。

M：你當時喜歡他？

K：哈哈，你不相信？

並不是不相信，但這種情況實在很少會發生。

試想想乾柴遇上烈火，又怎不會一拍即合？

除非，你原來並不喜歡他；又或者，他其實並不喜歡你。

M：還是回到之前的問題——為什麼沒有跟那個朋友在一起？你確定他是喜歡自己？

K：那時候，他對我說過喜歡我，他應該也知道我也喜歡他。

M：那事情後來如何發展？

K：其實是很自然的。當時我們幾乎每天都見面，每晚也會講電話、傳簡訊，過年的時候我們還上對方家拜年，我跟他的家人也很熟呢。或許兩個人如果經常走得這麼近，會喜歡上對方也不是奇怪吧？

M：那，為什麼沒有在一起呢？

K：唔……不知道呢，但那時候即使我們沒有名義上在一起，和他相處時的感覺卻很輕鬆寫意，甚至比約會更加快樂。

M：例如呢？

K：例如……那時候，自己會想了解他更多，然後又發覺對方也如此想了解自己，大家很容易就明白對方的想法與感受，那種感覺會令人很舒暢及安心，但同時間又會為對方的一舉一動而在乎、關心，你會很清楚那是實在地聯繫著……即使我們只是視對方為朋友，但這個朋友比起任何一個人、甚至親人還要親近，你有試過這種情況嗎？

對她的問題，當時實在回答不來。

不是沒有試過，只是如果遇上這情況，通常就會跟那個人在一起了……

M：沒有考慮過，跟那個朋友在一起嗎？

K：也不是沒有。

M：考慮過些什麼？

K：唔……例如，既然我們沒有在一起都已經這麼開心，那何必一定要在一起呢？

M：通常這種考慮，會出現在害怕表白失敗的人身上？

K：哈哈，是吧，但當時我們並不怕這個可能。而且也會想，和他的這種情況，其實比愛情更加難能可貴，為什麼我們要向愛情的方向發展？如果彼此在對方心中已經是這麼獨一無二的時候，那麼是哪一種關係，已經並不是最重要了。

M：你覺得他也是這樣想嗎？

K：他應該是這麼想吧。

M：但話說回頭，做知己的同時，其實也可以做情人嘛？

K：是的，不過那時候就是沒有去做，就算我們隨時都可以去做……只要我們喜歡或願意，是朋友也可以，是情人也可以，但可能我們更喜歡當時那一種狀況……我都說過，這是很奇怪的啦。

M：是很奇怪，我想如果有這麼一個朋友，應該會叫自己一生難忘。

K：是呀。

M：那後來呢，現在仍然跟他這麼好嗎？

K：後來……後來因為各忙各的，和他開始少聯絡了，但我們還是會通電話、或約出來吃飯。

M：他知不知道你現在有男朋友呢？

K：知呀。

M：他會不會因此而不開心？

K：不知道呢？但那重要嗎？反正我們仍是這麼的友好。

然後，她微微笑了一下。

或許是天色漸暗的關係。

那抹笑，彷彿有一點苦。

後來訪問結束，我陪她走回她家。

在路上，她一直笑著說跟男朋友明年要結婚了，近來有很多事情開始要籌備了，然後又發覺有無數項花費支出，銀行儲蓄如倒水，最後還吩咐婚宴時記得要給多一點「人情」云云。

然後，直至快到她的家樓下，直至她說完，我問她最後一條、也是這天最想問的問題：

「Dicky最近結婚了，你知道嗎？」

本來在笑的臉容，驀地愣住。

那一刻我有點後悔。

兩年前因為工作關係，我和 Kathy 一同認識了 Dicky。

記得那時候，她跟他很要好，即使他們可能已盡量隱藏，但還是讓我隱約感覺得到。

又也許只是我多心，始終當時我也不常與他們聯絡。

然後上星期，我出席了 Dicky 的婚宴。

在那夜裡，我看不到 Kathy 的身影……

可能，是她沒空出席；可能，是她不想出席；可能……是我想得太多。

但看著淚水悄然沒聲滑過她的臉龐……

或者，那只是屬於友情的眼淚？

她最後掩面轉身離開，以後再沒有告訴我真正的答案。

《長大》

那天，公司新來了一個男同事。

樣子傻傻的，頭髮亂亂的，說話時吞吞吐吐的，像是個剛畢業的學生模樣。

「是你的第一份工作嗎？」

第一天大家一起出外吃迎新飯時，我不經意的問他。

「不……不是呀。」他臉一紅，我不明白他為何要臉紅，「我今年二十五了。」

「二十五？」我訝然，竟然比我還要大，我還猜他不過二十歲，「你看上去不像呢！」

「……哪裡不像呢？」

他有點倔強地回道，卻又像想起自己是新同事，不應對作為「前輩」的我如此頂嘴，連忙急急的低下頭，臉又再次有點紅。

我看在眼裡，有點好笑，也有點不安好心，心想這樣的男生，在我們公司一定做不長久吧……

忽然，有人拉住我的手臂，並把我向後扯，接著一輛小巴就在我的面前疾過；我忍不住轉頭，見到是他將想得入神的我拉住。

那一刻我不懂得說話，甚至不懂得動作，直到他的手在我臉前撥來撥去，我方懂得說「謝謝」。

第一個星期，上司安排我去指導一下他這位新同事。

換作是平時，我一定會不樂意，尤其是要指導年齡比我大的人——因為我擔心在指點比自己年長的人的同時，會在無意之間傷害他們的自尊；但不去糾正他們，工作又做不好，這常使我處於一個為難的情緒當中。

可是，他不同。

其實除了外表與說話時不像是二十五歲以外，他在工作上的處理能力、突發事件時的靈活變通，還是超出了一般二十五歲男性的水準；怪不得老闆會請他。有時候，我甚至還要讓他去幫我的忙……

「那個客戶好麻煩，你能夠替我殺掉他嗎？」

「好吧。」他一臉認真，然後就從我的手中拿過文件。

我曾經有想過，他會不會真的傻傻地、走去殺了那人。當然，他沒有。每次他總是在過一會後，悄悄地將文件放回我桌上，上面印了個「Completed」的紅印。

「喂。」

「什麼？」他移近座位過來，我感到有點溫暖。

「下班後有空嗎？」我依然看著電腦，將椅子往另一邊微移。

「有呀。」

「一起吃晚飯吧。」

「哦。」

第一個月，他的身影經常在我面前出現。

說是出現，其實不過是他經常來找我問東問西，都是公事上的問題……

「那份傳真還沒到，可以先準備好文件嗎？」

「可不可以替我聯絡張小姐？我想跟進她收到了我們的貨品沒有……」

「麻煩你幫我問問，送貨部這天還有沒有未出外的業務，可不可以再追加一份速遞……」

其實，到了這一天，我是毋須要再指導他了；很多時，相反地我還要是被他指點工作的一個。不過，沒關係。他的臉上，偶爾仍是會浮起那微窘的紅。

有時下班後，我和他相約去吃晚飯。

他這個人，除了外表傻憨之外，個性原來也是悶死人的。很多時，跟他說上三句話，他才懂得回你一句；你問他一加一為何會等於三，他會笨想數分鐘都想不出答案來。

在工作以外，他還是一個小孩子吧。

只是不知為何，我喜歡這樣不懂說話的他。

或許是因為，跟他在一起時，毋須要想太多應酬話。

或許是因為，與他一起時，可以享受那種平時難有的發呆。

或許是因為，在他身邊，我確定他一定會看護在發呆的我，不讓我受傷害……

不過，我知道，這些可能不過是我的主觀期望。

但每當他又在我面前傻笑，他的身影在我旁邊走過，我就愈來愈想，自己可以把他留住，讓心裡的那種躍動，能夠有一個安全的著地點……

三個月後，公司有人開始在傳，我們在談戀愛。

但，就只是傳說，實則上，公司裡沒有人在談戀愛，一個都沒有。

對此，他只是忍不住一個勁兒傻笑。

「為什麼會傳你跟我的？」

「我怎知道？」我努努嘴，用筷子敲他那仍然在笑的臉。

「是啦，我配不上你。」說完，他又哈哈大笑。

其實這些日子以來，我跟他已經相處得非常熟稔。除了是同事關係之外，我們也成為了真正的朋友，他不再會像以前般在我面前經常臉紅；而我也漸漸知道他住在哪兒、有什麼家人、過往他讀什麼學校，甚至是他的戀愛狀況——跟我一樣，都是單身，都是已經有好久，沒有談過戀愛。

那麼，他又會不會跟我一樣，在尋找著自己生命裡的另一半？

「你是想說：是我配不上你才對吧？」我佯怒地放下筷子，盯著他。

「……怎會？」他一臉慌張，差點還碰跌桌上的水杯，「你真的、真的是一個好女孩，應該有很多人喜歡你才對……」

「真的嗎？」我仍然盯著他。

他點頭如搗蒜。

「算你啦。」

我心裡微笑，看著他那鬆口氣的表情，但願，自己與他的感情，能夠再進一步。

半年了。

我開始有點著急。

朋友說，半年了，要一起都應該在一起了。若還未一起，就應該不會再一起的了……

我不敢肯定。

也許，他是一個慢熱的人吧？

看他平時傻乎乎，連去看電影選座位時，也是朝三暮四的，就應該知道他是思想比人慢半拍……

又也許，他是喜歡我的，只是跟我一樣，在猜對方的心意吧？

但看他平時那猜謎語的本事能力，我很害怕他這笨人會猜到我們白頭到老，也猜不到我在想什麼……

因此，我不理會朋友的意見，決定採取主動。

「下星期天，有空嗎？」

他抬頭想了想，然後答：「星期天，不是假期嗎？」

「當然啦。」我沒好氣，繼續加油，「那你當日有沒有空？」

他看看我，笑道：「那天不是你生日嗎？」

我心一跳，他竟然記得。

「那到底有沒有空？」我感到自己的臉有點熱。

「有空。」

最後他給了我這個肯定的答案。而自那天開始，我整副心情已不受控地、不時期待著那天的來臨；那天穿什麼衣服、去哪兒玩、到哪裡吃飯、要說些什麼話、如果他要表白時怎麼辦、如果他不表白時又怎樣做……這些這些，我統統在腦海中預演了不知多少遍。我把所有朋友的約會提前或延後，原本同事們安排在星期六晚上替我慶祝，也被我過分地要求改期到星期五，最後我甚至還向公司預先請了星期一的假，以防萬一……

我知道，我可能是期待得過分。

但，我只是想為自己的戀愛做好最充分的準備。我不想有一點差錯，讓我從此錯失了什麼。

我懷著忐忑不安、期待又有點疲憊的心情，迎接了自己的生辰。

祝賀的簡訊與電話不斷傳來。

那天，他卻沒有致電給我，也沒有跟我見面。他的簡訊，在第二天早上送來。

星期二在公司與他碰面後，我方知道，他這個人真的笨得無可救藥；他竟然完全不明白，我的暗示……

九個月。

那是一個難堪的秋季。

公司新來了一個女同事，比我要年輕的女同事。

上司安排他去指導她工作。

他倆經常出雙入對，包括午飯時、工作時，以至上班前、下班後……

我漸漸被他冷落。

我開始會數算著——

有多少天沒有跟他吃午飯。

有多少夜沒有跟他吃晚飯。

有多少個星期天沒有跟他出外過。

有多少個凌晨沒有跟他談過電話。

甚至有幾分幾秒，他沒有跟我說話……

我開始討厭這樣的自己。

終於我忍不住了，在一個晚上打電話給他。

「喂。」

「喂？」

我覺得，他的語氣透著一點生疏。

「現在有空嗎？」我緩緩吸了一口氣，提醒自己不要亂想太多。

「唔……有空，怎麼了？」他笑，勉強的笑聲。

「沒什麼，只是想起很久沒有找你而已。」我閉上眼。

「嗯，是嗎？但每天還是在公司裡見到嘛。」

是見到，但我不肯定你眼中有我。

「最近工作忙嗎？」我平靜的問。

「還可以……」他忽然頓了一頓，然後說：「我另一邊有電話，我待會再打給你好嗎？」

我輕輕呼氣。

「嗯。」

「那麼，拜拜。」

然後，他切換了通話。
卻忘了，終斷我的通話……
那夜，我等了他一整夜電話。
那夜，我聽了一夜的電話訊號聲……

十一個月，我向公司請了半個月的大假，去旅行。
說是旅行，其實不過是想逃。
想逃離，他的身影。
想避開，他的笑臉。
想忘記，他們經常出雙入對。
想拋開，自己對他的所有感情……
臨上機前的一天，我傳簡訊問他，想要什麼禮物。
他回我說，隨便什麼都好，只要平安回來。
我苦笑，為什麼還是這樣溫柔。
我獨自一個人，去了希臘。
在聖托里尼島的一間小飾品店裡，我買了一條有他生日星座圖案的銀鏈，作為他的禮物。
然後在一個夜裡，我在那個讓我難忘的美麗海灘前，流著淚，將他的禮物往大海葬送……

我不想再繼續下去。

就讓這份愛，隨著這個難忘的一夜，從此的正式終結。

十二個月，不知不覺已過了一年。

新女同事另有高就，在同事盛大的歡送會中，離開了。那刻我方留意到，原來公司裡有不少男同事，或暗戀或明戀那位女同事。

他，自然也是其中的一位。不用說，他自然有多失魂落魄。但，也已經不再與我有關了。

每天，我仍然在努力的工作。

一三五的晚上，報名了一個進修課程。二四的晚上，去跟一個朋友學化妝。星期天，會跟朋友去逛逛街旅旅行，或是到海邊練習攝影。星期六深夜，有時會打打字，記下每天發生過的一切。很簡單的生活但安穩得讓我感到幸福。最少，不用再為他心煩了。

雖然，他的身影仍是每天會出現在我眼裡。

雖然，我與他仍是沒有，發生過什麼。

第十三個月。

那天，公司突然要我與他一起出外，臨時跟客戶去簽一份合約。

但途中，局部地區性地下起大雨，而我們就只有我手袋裡的一柄短傘。

一把傘照顧不了兩人，時間也不會等待我們，最後我和他只得冒著風雨，狼狽地趕到與客戶約定的酒店。抵達之後，我的頭髮已沾了不少雨水，而他也有半邊身都濕透了。但他恍似不覺，還緊張地往大堂升降機跑去，途中仍不忙從公事包搜尋預備要給客戶的文件。

我忍不住叫他：「喂。」

他沒有回頭，只看著電梯顯示螢幕問：「什麼？」

我沒好氣，走前兩步，用掏出紙巾的手敲敲他的肩膊；他轉過頭來，鼻子卻不小心觸碰到我手上的紙巾。那一剎那間，他整個人都呆住……

那一刻他不懂得說話，甚至不懂得動作。直到，電梯來了；直到，我用紙巾在他的臉前揚了又揚，他方懂得說「謝謝」。又再出現那第一天的臉紅……

然後，我心裡說：嗯，到你了。

《開不了口》

明天，中學同學 Aki 要結婚了。

這晚，我在 Bryan 的家喝酒，陪他談天。

說「陪」他，是因為我知道，Bryan 一直都暗戀 Aki。

他暗戀了她七年，結果她跟一個在一起一年的人結婚……

「感情不是這麼計算的。」

他跟我笑說，向我遞來一罐啤酒。

「難道你不感到失望嗎？」我接過啤酒，拉開蓋環。

「我早已過了那個階段。」他又笑，然後用力的抽了一口菸。

很少見他這樣抽菸。

「即是以前有失望過？」我問。

他不作聲，就只是繼續抽著菸。然後過了一會，他才開口說：

「與其說失望，不如說後悔。」

「後悔？」

「後悔自己以前沒有跟她說。」他微笑。

我愣了一會，問他：「過去這麼多年來，你都沒有跟她說過，你喜歡她？」

他又沒說話，將菸頭放進菸灰缸裡緩緩弄熄，忽然反問我：

「如果喜歡一個人，是不是就應該要開口讓對方知道？」

我又呆了一下，才懂得回答：「一般來說，應該吧。」

他看出窗外，說：「其實，我也有試過讓她知道。」

「例如呢？」

「例如，第一年，她生日，我有說過喜歡她。」

想不到他原來真有表白過，但這件事從沒聽過任何人提起。我忍不住問：

「那當時她怎麼回答？」

他看看我，卻帶開了話題：「你記不記得，當時她有男朋友？」

「……好像是有的。」我答。

「所以，那時候，我跟她說喜歡她，也只是以朋友的身分來說。」

我聽得有點無奈，但他卻悠然的喝著酒，彷彿剛才說的是另一個人的事。

他繼續說下去：「第二年，她生日，但她失戀了。碰巧那時她的好朋友都沒空，我就自告奮勇陪她去散心。」

我點點頭，接著他說：「這個我知道，那時原本以為她會跟男朋友過生日，所以大家都沒有特別為她預留日子慶祝。」

「那時候，記得你還叫我要乘虛而入。」他盯著我笑。

「但那時候你沒有。」我又無奈嘆氣。

「不是我沒有，其實我也有認真想過。」想不到他這樣說。

「……之後呢？」

「但那時，她心裡就只有她男朋友，根本沒有我入侵的餘地。」

他搖了搖頭，說：「況且，我也真的不想趁她想不清楚的時候，去打亂她。」

我慨嘆：「你實在不明白『快刀斬亂麻』的真義。」

「什麼『快刀斬亂麻』啦？」

「管她亂不亂的，只要你跟她在一起之後對她好一些，她就終會忘記舊愛，心甘情願地跟你一起啦。」

他靜靜點起了另一枝菸，沉默了一會，看著我笑說：「但這樣子的話，她可能也不是真的喜歡我？」

我搖頭，答：「但也可以之後變成真的喜歡你。」

「或許吧，只是沒有人可以肯定。」他呼了一口菸，繼續說：「之後第三年她生日，她已經有另一個男朋友了。那時候我曾經想過，我也是時候應該放棄，於是我嘗試去結識多些新朋友，去跟其他女性發展。」

「然後你就跟Crystal在一起。」Crystal是他以前的女朋友。

他微微苦笑一下，說：「那時候，可能大家都有了另一半，反而能夠變得比較純粹一點做好朋友。她有什麼心事，都會跟我分享；我又會經常教她，怎麼去討好她的男朋友。我們經常一起出外拍照，我會教她怎麼攝影，她偶爾會出任我的模特兒。平時遇到什麼事，都會想要讓對方先知道。生日的時候，她總是第一個跟我說生日快樂的人……」

「沒半點曖昧嗎？」我打斷他。

他默然一會，才回道：「或許有，或許沒有，但也不重要。因為我知道，她的心裡還是會以她的男朋友為先。」

但我知道，他卻不然，因為後來他與Crystal分了手。

「後來，第五年她的生日，她的身邊終於沒有別的男人。」說到這裡，他忽然不作聲。

「……那時候你卻不在香港，被公司派到外地長駐。」我緩緩的替他說下去，又問他：「那時候，你有想過回來嗎？」

他深深抽了一口菸，答我：「沒有。」

「為什麼？」

「她生日的那天，我打長途電話給她說生日快樂。那一次我們聊了很久，比以前每一通電話都聊得久，大概有五個小時，我感覺得到，大家其實都不捨得掛斷。可是聊到最後，我要去上班了，可我還是裝作沒事，繼續跟她談下去；但她卻記得我日常的作息時間，反先提醒我要準備出門。」

「唉……你們這樣子，還是沒有在一起嗎？」我忍不住喝了一口酒。

他微微笑了一下，說：「當時，我就跟她說今天不上班了，還忍不住脫口而出，說不如我現在回香港。」

我精神一振，問了：「那她怎麼說？」

「她最初沒有出聲，之後才跟我說，『不用急，還有三個月你就會回來了。』」

「……於是，你就沒有回來了？」

「你明明知道我後來幾時才回來的。」他苦笑。

「結果，你跟公司續約，之後過了大半年才回來。」我也苦笑，然後又說：「然後那時候，她就認識了現在的未婚夫。」

「嗯，是的，之後第六年她生日的時候，她跟我說他們會在一年後結婚。」說到最後，他低頭微笑。

「我知道，我記得那時候我們剛好一起在喝酒。」我輕嘆。

那一晚他的表情，我到現在都記得。

他又說：「後來她告訴我，我是第一個知道她要結婚的人，那時候連她的父母都不知道。」

我搖頭：「如果是我，我寧願不要第一個知道。」

「但我和她是好朋友嘛。」他笑。

「那我也寧願不要這樣的好朋友。」我苦笑。

「但我沒有後悔有她這位好朋友。」

「但你還是後悔了。」

「是後悔自己以前錯過嘛。」他又笑了一聲，說：「如果那時候，我有回來；如果那一年，我有乘虛而入；如果在最初，我敢鼓起勇氣說喜歡她……」

之後，他再沒有說下去。

因為我們都知道，世事沒有這麼多「如果」。

「其實過了一年時間，我已經可以看得很開的了。」他說。

「我知道，你還可以大方到，免費為他們去日本拍婚紗照。」

我一直認為毋須做到這一地步，即使是好朋友。

他也彷彿看穿我的想法，於是道：「只要她開心，又有什麼關係。」

只要她開心。

他自己不提，但我倒記得，這些年來因為這句「只要她開心」，他曾做過多少傻事。

不眠不休的替她趕作業；為她想要的生日禮物而走遍全港九；在她失意時介紹不同的異性鼓勵她再次談戀愛；不理自己女朋友吃醋而陪她一次又一次出外拍照；最後還要主動提出幫她與她的未婚夫拍結婚照。

「我覺得，我與你似乎身處兩個世界。」我嘆氣。

「為什麼這樣說？」他呆呆的問。

「算了，我只是愈來愈覺得，自己今晚專程找你喝酒，顯得多管閒事了。」我苦笑一聲。

「不，我很感謝你今晚來。」他看著我笑，又說：「而且我也有事想拜託你。」

「拜託我？」我微微恍神。

他不說話，只是進房拿出了一個方盒子，然後緩緩的，交到我的手裡。

第二日，我比預定的時間早半個小時，來到Aki婚禮的場地。她與她的未婚夫都是教徒，兩人選擇了在教堂行禮。我跟一些相熟的朋友寒暄幾句後，就逕自去新娘的化妝間找Aki。

我敲門而入，化妝間只有Aki一人。看見她身穿白紗的模樣，我忍不住讚美了：「你今天實在很漂亮。」

Aki大方的笑笑，說：「多謝。」

「其他人呢？」我問她。

「大家都出外去準備了，我也想自己一個人靜一靜。」

「緊張嗎？」我笑。

「是有點。」她也笑，然後她又看我一眼，問我：「你是有事找我嗎？」

我微微呼氣，將方盒子拿出來，說：「Bryan要我交給你的。」

「Bryan？」Aki呆了一下，問：「他呢？」

「他今天應該不能來了。」我說出預先準備好的話，「他公司有急事，今天早上突然要趕回上海。」

Aki 沒有作聲。

她應該知道，我剛才所說的其實是謊言。

如果，他們是真的這麼了解對方……

「他還好嗎？」

她低下頭問。

「他還好。」

我嘆氣。

她對我笑了一下，然後緩緩的接過盒子，將它打開。

只見裡面有著一疊 A4 大小的相片。

相片裡的，都是 Aki 的獨照沙龍。

第一張，應該是我們剛認識她的時候，那時的她比現在多了一份青澀。

第二張，是第一年我們為她慶祝生日時所拍的，相片裡的她臉上滿是驚喜。

第三張，是我們一行人去宿營時拍的，夜裡我們在沙灘偷偷放煙火，她的笑容比煙火還燦爛。

第四張，相片裡的她沒有笑了，眼角彷彿帶著淚水，看著天空抿唇……

我忽然明白，這些都是 Bryan 這些年來所為她拍下的相片。

果然，之後每一張沙龍裡的 Aki，都比之前的略顯成熟；但每張相都呈現出Aki不同的美態，或嬌艷，或憂愁，或活潑，或高貴，絕不會與之前的任何一張有重複的感覺。我心裡禁不住問，到底一個人要對另一個人有多關注留心，才可以如此細膩捕捉到對方種種神態？

不知Aki心裡是否也如此想，只見她默不作聲，一張一張的將相片緩緩看下去。然後，她看到了最後的一張沙龍。

相片裡，是她穿著白色的婚紗，迎著海風，微微的回頭笑。

那抹笑，充滿著幸福。

但是，相片裡的主角，如今卻在哭了。

我靜靜的走出了化妝間。

心裡回想起，昨晚臨離開Bryan的家前，與他最後的對話。

「你覺得，我撒這樣的謊，她會相信嗎？」

我拿著方盒子，苦笑問他。

「應該不相信吧。」他微微笑。

「那為什麼你不去她的婚禮，還要我交這盒子給她？」

「因為……」

他看著方盒子，出了一會神，最後才說：

「因為有些話，我已不能親口告訴她。」

「我不明白。」

「有些話，如今我不能再開口對她說了，所以，請你幫我將這盒子交給她。」

說到最後，他的臉上已經沒有了笑容。

我也不勉強再問，只是拿著盒子，轉身離開。

此刻，我看著Aki，在她的父親帶領下，踏入教堂，步向她將來的另一半身邊。

她的臉上猶帶著淚痕，旁人說那是新娘喜悅的眼淚……

我心裡輕輕的嘆氣。

如今我終於明白，他真正開不了口對她說的，到底是什麼……

只見Aki已站在台上，面對她最後所選擇的另一半。

只望，你會幸福。

《我不配》

我看著手機的螢幕，看了好久，好久。
螢幕裡，沒什麼特別的，就只有一個 whatsapp 的視窗。
當中，顯示了與你的對話框，你正在線上……
已經好久好久了。
其實真的沒有什麼特別。
只不過我一直在注視著你的名字，如此而已。

「幹嘛一直看著我？」你一臉不自然，反盯著我。
「沒什麼呀，看你的臉有沒有皺紋……」
我話未說完，就被你用手肘撞了一記。
「若有皺紋，是不是應該你先會有？你這比我大一歲的老伯！」
然後我的肚子再受到你的另一記肘撞。

我用手指點向你的個人資料欄，看著你的一張大頭照。
那次我看著你，不過是感到奇怪而已。
為，會跟你這麼友好而奇怪。
想想，你根本不是我會喜歡的類型，我本來就不可能會主動跟你攀談。
性格也是不同，喜好更是相差萬丈遠。

可是我們卻愈來愈熟稔，交換了 email 以及電話號碼。
甚至，還交換了自己的中文名字……

「郭子基、郭子基～」
在 whatsapp 裡，你忽然喚我的名字。
「怎樣呀，李彩華？-_-」
我雙手鍵道，感到十分不耐。
「沒什麼呀，叫叫你而已 :p」
「……不是叫你不要叫我的中文名字嗎？」
「我沒有叫呀，只是打字…… T_T；為什麼不要叫你的中文名字？」
「我不喜歡囉！」
「為何不喜歡呀？這名字好呀！」
我苦笑，好你的頭。
「你那麼喜歡，這名字現在開始就給你吧，郭小姐……」
「哼，我才不要跟你姓郭……」
「現在姓郭很難為你了 __/」
「如果你不是姓郭的話，那還可以 :p 」
「……」
「XDDDDDDD」

我想，其實我是被你的笑容所吸引的。
螢幕上的你，正率真自然的笑……
認識過好多人，但沒有一個人的笑容，比得上你。
碰到有趣的小孩，你會輕笑。
聽到古怪的笑話，你會大笑。
吃到好味的食物，你會偷笑。
遇到感人的事情，你會微笑。
若把我捉弄到了，你會失笑。
當看見我看著你，你……

「笑什麼？」
「笑你又看著我囉。」你向我吐吐舌頭。
「你不也在看著我？」我邊說邊拍你的頭，你連忙用手推開。
「我看你可以，你看我就不可以！」
「那麼不公平……算了。」
我懶得與你抬槓，繼續看眼前的大海。
你見我不出聲，於是也看回蔚藍的天空。
「喂。」

「嗯？」
我轉回頭望你，問：「這樣乾坐，你不覺得悶嗎？」
你繼續眺望天空，答：「不悶呀。」
「真的嗎？」
「真的。」你低下頭來，又笑了：「你幹嘛又看著我？」
「因為想看到你笑。」
然後，我們都沒有作聲。

在與你相處的時間裡，感覺總是那麼的自然。
在跟你相處的那些日子，真的好舒服、好快樂……
雖然，我們的性格與喜好不盡相同，但你平易近人的個性平衡了一切。
我說去那裡看海，你就跟我去那裡；我說要到這兒逛，你就跟我到這兒。
我說想吃刺身壽司，你就跟我去壽司店。
我說晚上回家不聊電話，你就和我用 whatsapp 通話……
其實是你沒有個性吧？
還是……是你一直在遷就著我？
我看著螢幕，找不到答案。

「如果是我不喜歡的事，即使怎樣勉強我，我也是不會做的。」
那天你忽然地，如此對我說話。
「那麼有個性？」
我失笑，剛才不過是一名「偽乞丐」向我們行乞而已。
「不是嗎？那個人有手有腳，為什麼不去找份工作做，要來乞討？」你愈說愈氣。
「可能他有心靈創傷，不能正常地去工作吧。」
「我只覺得是藉口。」你嗤之以鼻，然後看了看我，問：「幹嘛這般看著我？」
「沒什麼……」但我仍是有點呆住吧，我想：只是沒想過你是這樣的……
「怎樣？」輪到你有些不自然了。
「這樣……」我邊說，邊移離你幾步：「吝嗇囉！」
「……你！」

你不喜歡的事，沒有人可以勉強你。
但我後來知道，其實你不喜歡吃刺身……
可是，你笑著吃了。
然後我現在知道，其實你不太喜歡用手機打字……
可是，你還是跟我 whatsapp 過無數晚上。
為什麼這樣子？
生日，你會為我準備我喜歡的禮物。
病了，你會傳我簡訊慰問、叮囑我吃藥。

悶了，你會試著說你不擅長的笑話，引我發笑。
累了，你會陪我逛海邊、陪我去吹風、陪我不說話……
為什麼這樣子……
其實，你當我是什麼？

「朋友，我們就只會是朋友！」
「幹嘛要說得這般肯定啦？」我苦笑，對想向我們兜售鮮花的嬸嬸露出抱歉的眼神。
「不說得肯定一點，她可是會死纏不休的！」
你在我耳邊輕聲的說，但我相信才離開不遠的嬸嬸還是可能聽得見。
我只好轉移話題：「真的就只會是朋友嗎？」
你愣了愣，然後向我笑笑點頭。
「為什麼啦？」我不知道自己那一剎那是怎樣的表情。
「為什麼？好簡單囉……」
「嗯？」
「你不是我喜歡的類型囉！」
「天……」
「怎麼了？」
我慘呼：「為什麼你的答案會跟我的一樣？」
接著，你也跟我一同慘呼了。

至於我對你，我也有送你聖誕禮物。
我也有傳你簡訊，提醒你小心天氣轉涼。
偶爾也會傳你無聊笑話，希望能夠讓你開心。
晚上累著不去睡，也跟你亂說亂呆亂笑到眼皮再打不開來……

此刻，你的名字，仍然是在線狀態。
你當我是什麼？
或者，我應該要問，我當你是什麼，才對……

「明天有沒有空？」電話裡，你的語氣有點陌生。
「唔……做什麼？」
「沒什麼，只是記起之前你提過的一齣電影上映了，所以……」
「唔……」
「約了人？」
「嗯。」
其實，我什麼人都沒有約。

「那麼，我找其他人陪我看好了。」你笑，很自然地。

「嗯。」

「對了，最近不常見到你呢，在網上……你沒事吧？」

「唔，最近比較忙……」

「小心身體啊。」

「我會的。」

「那……不打擾你了，拜拜。」

「拜拜。」

是我有心避開你的。

不是你的問題，問題全在於我。

也許，你沒有當我什麼，你當我只是一個普通的好朋友。

你對我的好，可能不過是你的慣常模式；你是個好人，自然會用心對待重視的朋友。

不過是這樣吧。

我不應想太多的，就只是朋友嘛。

但問題是，我自己已經想得太多。

多得，我漸漸的不能自拔；多得，在不知不覺間喜歡上你……

我只怕有一天，會讓你知道我喜歡了你……

那應該會令你很不安，我知道。

而我更害怕有一天，我會背叛了我的女朋友……

這是我最不能原諒自己的一件事。

「你們在一起多久了？」

「快三年了。」我望著天空。

「嘩，真久呢。」

「是嗎？」我沒有望你。

「為什麼會在一起？」

「唔……有感覺，於是就在一起囉。」

「這麼簡單？」

「會有多不簡單？」其實是我不願再細想。

「唔……」

「怎麼了？」

「要好好珍惜她啊。」

「……我當然知道。」

深夜十一時三十二分，「在線上」終於變為「最後上線時間」。

你下線了。

這一個月裡，你都是在差不多的時間下線。

比起以前我跟你亂說亂聊的時期，要早了很多。

也好。

以後再不用撐著眼皮、邊打錯字邊傳whatsapp了。

再不會不捨得去睡覺而趴在書桌上與冷風為伴了。

再不可能因為睡得不好，結果弄得第二天沒有精神工作了。

多好……

這時耳機響起了鈴聲。

「喂？還沒睡嗎？」

「差不多了，你呢？」我說，看著螢幕。

「剛回到家，好累呢。」

「那快點洗澡，早點睡覺，知道嗎？」

「唔……但我想跟你講電話啊。」

「明天再陪你聊，好不好？我有點累，想去睡了。」

「是嗎……好吧；記得要蓋好被子啊。」

「知道了。」

「那麼我去洗澡啦，晚安。」

「嗯，晚安。」我說，看著螢幕，然後放下耳機，把螢幕關上……

晚安。

凌晨，手機響起了訊號聲。
——你最近好嗎？
——沒什麼，不過有點想念你而已。
——如此而已。
——……

而我心碎你受罪，你的美，我不配。

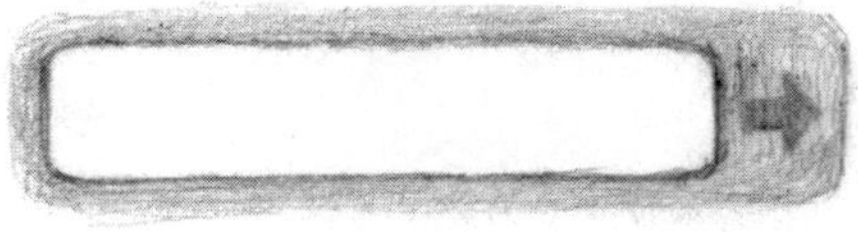

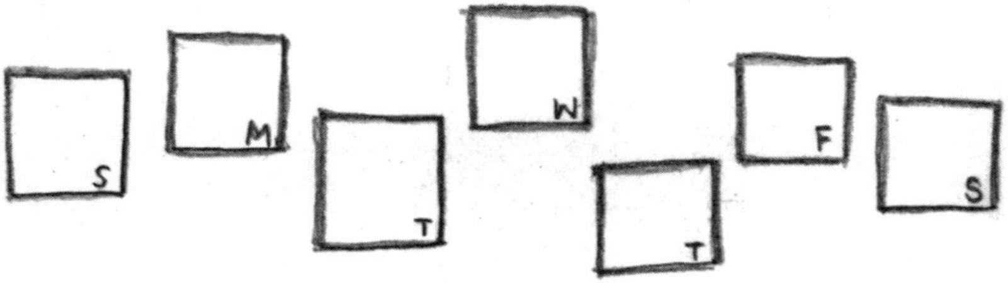

《日子》

九日，炎夏。

他與她，偶然在這街上重遇。

突然見到對方，大家的臉上都有點不自然。但她還是禮貌地微微笑，對他說：

「很久不見了。」

「嗯……很久不見了。」他不自然的回答。

「自己一個嗎？」她問。

他猶豫一下，然後搖搖頭，回轉身看一看後方，說：「和朋友一起。」

她移眼，望見他身後不遠處，一個漂亮的女孩正在走近。

「啊，原來如此，那不打擾你了。」她笑說。

「不、不會。」他臉有點紅，問：「你最近還好嗎？」

「還好，你呢？」

「我？」他一呆，過了一會才會意，忙答：「我也好。」

「今天不用上班嗎？」她看看手錶，還不到六點。

「啊，今天我請了假。」

這時候，那個女孩也走到來他的身邊。於是她說：

「那我不打擾你們逛街了，拜拜。」

他有點失望，對她說：「幾時有空，我們再見面、或者一起晚飯，好嗎？」

她看著他，又微微笑了一下，最後回答：

「嗯，電話再聯絡吧。」

然後她沒再停留，離開了。

剩下他與女孩留在原地。

女孩看到他一臉落寞，好奇笑問：「她是誰呢？」
他嘆了一口氣，回道：「是我以前的女朋友。」
「咦，原來是這樣。」女孩追看她遠去的身影，過了一會，又說：「真巧呢。」
「什麼真巧？」他問。
「在今天遇見她囉，明天是你生日嘛。」女孩笑。
「……但我想她已經不記得了。」
「為什麼呢？」女孩又再好奇。
他只是望著她離開的方向，不說話。
以往每逢他的生日，她都會與他一同請一星期的假期，去一起慶祝，一起遊玩。
一起許願，祝對方會幸福快樂。
一起計劃，彼此的將來與理想。
那是他這一生最美好的日子。
只是後來，因為他太忙於工作、忽略了她，結果兩人不歡而散。
雖然他後悔，雖然他想補救，只是她不讓他再找到自己，甚至還換了手機號碼。
之後，再沒有聯絡、見面；然後，轉眼間，便已過了這些日子。
然後，突然在這一天，在這街上偶然與她重逢……
「怎麼啦？」女孩眨著眼，問他。
「沒什麼。」他勉力一笑，又說：「走吧，快開場了，待會要是遲了進場，定會被你男朋友罵死。」
「放心，到時我一定會賴在你身上。」女孩愉快的笑，但還是移起了腳步。
他苦笑了一下，繼續向前走，但走了幾步，還是忍不住再次回頭。
都已經看不見，她的身影了。
都已經，過去了……

夜深，她回到家裡，想打開電腦上網。
電腦緩緩啟動系統，她默默看著螢幕，忽然想起今天偶遇他的場面。
想起，他身邊的女孩。
想起，沒有他的那些日子。
想起……
她搖搖頭，輕輕呼一口氣，移動滑鼠，連上電郵信箱的登入頁面。
在鍵盤上，如常輸入登入的 ID。
密碼是……

Jacky0810

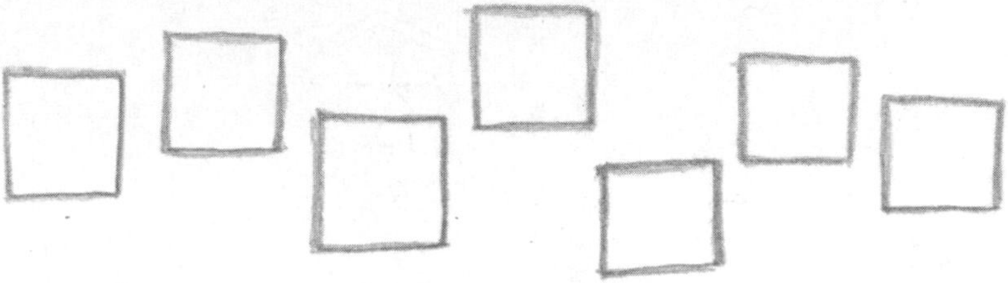

《依然》

有些事情，過了多少年都不會變。

有些事情，即使堅持了多少年，最後還是會改變。

這夜，她一個人，來到了天星碼頭。

看著大海，眺望對岸的夜色，想得出神。

出神得，連自己身邊多了一個人，也沒有察覺。

「這麼巧？」

這句話突如其來，讓她嚇了一跳，一回頭，只見到他就站在自己旁邊。

「咦，是你？」她有些意外。

「很意外嗎？」他失笑。

她輕輕搖頭，也笑了一下，然後望回大海。

「為什麼會在這裡？」他問她。

「沒什麼，只是剛好經過。」她說，看一看他，「你呢，為什麼又會在這裡？」

「剛好經過囉。」他也這樣回答。

然後，兩個人一同笑了。

這個碼頭，是他們以前最喜歡來的地方。

只要一有空，他們就會相約一起晚飯，之後就會走到來這碼頭，一起談天說地，直到對岸的夜燈熄滅為止。

「這兒，還是沒有什麼改變。」他看著夜色感嘆。

「不，其實有些地方已經變了。」她搖頭。

「是嗎，是哪裡？」

「……以前，那裡，」她提起了手，指向一幢大廈，「以前那裡的廣告燈牌，並不是三星的。」

「哈哈，真的嗎？」
「以前，避風塘那一帶的燈比較多，現在因為工程，反而變得黯淡了。」
「你真的很清楚呢……」他看著她，好一會，問：「你……近來好嗎？」
「還好，都是那樣子。」她淡淡的回答，然後問：「你呢？」
「也是一樣，還好。」
然後，兩人沉默了。
也許是因為大家都知道，彼此都用「還好」這兩個字，來逃避回答一些細節。
「有多久，我們沒有見面了？」他又問。
「……快一年了。」
一年前，他和她是很要好的朋友。
好得，每天都幾乎會出雙入對；好得，每晚都會電話聊天不捨得去睡。
最快樂的日子，都是一起把臂同遊，到不同的地方看大海、日落與晚霞。
最難忘的地方，總是會有對方陪在自己身邊。
然而再親再近，兩個人還是沒有再一起繼續走下去
「那時候，為什麼你沒再找我？」他問。
「是你沒有找我吧？」她微微笑。
「我以為，你在生氣……」
「我為什麼要生氣呢？」她看一看他。
「……或者那時候，是我過分敏感。」
「那時候，我們都敏感。」
「是這樣嗎？」
「其實我已經不太記得，那時候的事情了。」她莞爾，看著他，「都過去了。」

望著她的雙眼，清澈、明亮、不帶一點猶豫與留戀，他忽然明白，有些事情，原來是自己想多了。

「是的，都過去了。」他笑，有一點無奈。

「嗯。」

「……那麼，」他吸了一口氣，讓自己微笑說：「我先走了。」

「好的。」她向他點點頭。

「你呢？」

「我想吹多一會海風。」

「唔……」他繼續微笑，頓了一會，最後說：「那不要吹太久，小心著涼。」

「嗯，謝謝你。」

最後，她還是沒有挽留。

最後，他還是轉身離開了。

「朋友之間，會不會像情侶般，有天會分手？」

那天，在這海傍，兩個人如常談天說地時，她忽然問了這一個問題。

「分手，若沒有戀過，又怎會分手呢？」他搔搔頭。

「但有些朋友，即使關係並非戀人，感情卻要比一般情侶要深要真啊！」她反駁。

「若是如此，那為什麼他們不成為情侶？」他苦笑一下。

「那可以是因為，當事人沒有自覺，又或者是大家都害怕走前一步，又也許……」

她看了他一眼，沒有再說下去。

「也許什麼呢？」他卻繼續追問。

「……總有一些原因，是讓兩個人不會在一起的。」

「那又有什麼原因，這對朋友會分手呢？」他笑道。

「……往往都是同樣的原因。」

「哈哈，你說得很玄！」他看著她，嚷：「你好像很有經驗似的！」

「你真幸福。」她苦笑。

「你現在不幸福嗎？」

「……幸福。」她也回望他，又重複一遍：「幸福。」

「為什麼呢？」

「至少，我有家人，有朋友……」她呼一口氣，看著他說下去：「還有你。」

他也回望她，卻沒有再說話。

過了不知多久，他才緩緩說道：「其實我也很幸運。」

「嗯。」她讓自己望回大海。

「是了，」他站起來，「我們走吧，回家了。」

「……不多坐一會嗎？」

他拿出手機，搖搖頭說：「晚了，我送你搭車。」

她回望他，只見他在按鍵致電給別人，開始在走遠。

看著大海，她知道，他是在找他的女朋友……

自那天之後，她沒有再找他，他也沒有主動聯絡自己。

即使她每天，都會去偷看他的臉書。

即使每隔一段時間，她就會來到這碼頭看海。

她知道，兩個人是不會再走在一起。

雖然她還是相信，自己有一天可以再跟他重逢。

有一天，還是能夠在這海邊，與他繼續談天說地，依然如故，笑臉依然。

每一次來到這海邊，她都會如此相信或盼望。

如果有天他會再來這個地方，她一定不會再猶豫，一定會決心跟他表白……

可是，他這天在臉書裡宣布，會跟女朋友結婚。

然後，他就在這一個夜裡，重來這一個地方。

不過最後，她還是沒有開口告訴他這一切。

就讓自己一個人，去記住曾經有過的所有細節，即使有些事情已經改變，即使那一個人，已經不再。

《永遠的平行線》

「不如，

你不要再讓我找到你，好嗎？

對不起。」

——看見這一則簡訊，我不由得對著手機呆了幾秒鐘，茫然。

然後隨之而來，是一點酸、一點不捨，甚至一點無奈。

我忍不住搖頭，又忍不住苦笑；大概此刻，你也跟我一樣如此無奈著……

是這樣吧？

我相信，你是的。

我跟你，認識在中學一年級。

你是我的同班同學，你被編排坐在我的右首。

「我叫張偉文。」你向我自我介紹，一臉稚氣，「你呢？你叫什麼名字？」

我有點意外，其實在老師點名時，我已偷偷記下了你的名字；沒想到對方是不會留意或記著的。我生硬地回道：「蔣雅雯。」

你打趣：「咦，我們的名字有點相似呢。」

當然啦，若不是這樣，你又怎會被編到坐在我身邊；但我就只是說：「巧合吧。」

「那以後，就請你多多關照了。」你誠懇地笑。

那時候我只覺得你很八面玲瓏，我敷衍一笑，然後低頭繼續看那本不愛看的數學課本。

你跟班上大部分的同學關係良好，班裡的大小活動你都會參與，是一個活躍份子。每到下課或午飯時段，你的座位旁邊總圍著不少男生，吵得我連想靜讀張小嫻小說的空間也沒有。每次我都不得不起身離開課室，走到走廊的盡頭躲在暗角處讀書。

現在回想起來，那一年我跟班上的女同學相處得不太熱絡，原因其實全在於你。這種日子一直持續到中學二年級，你不再被編坐在我身旁，你被安排坐在隔我兩行的位置；我不用再藉故避開了，而你也不再死守在自己的座位上，改而跟一眾男生長駐在教室門口的走廊一帶，你們的笑聲仍是隱約會傳到來我的座位，我有時還會感受到你的目光……

然後，到了三年級，我倆又「不幸」地被編排坐在一起，而你的習性又轉為「死守」了。我忽然感到一點奇怪，一點說不出來的奇怪，你……是故意的嗎？

終於在某個中午，我忍不住問你了：「為什麼你不像其他男生般，下課或午休時到球場打籃球玩樂，而總是留在課室裡？」

你看著我，笑了，我感到有點不自在；你說：「因為我喜歡囉。」

「就只是因為這樣？」其實我不明白你的答非所問。

你搖了搖頭，又笑，只是沒有笑聲；直到現在，我仍是清楚記得你說這番話時的表情：「因為我喜歡，在看得見你的地方看著你。」

想不到，我真的猜對了。

就學習角度而言，其實你是一個不錯的同學。

你的功課比我好，每次遇到不明白的地方時，我都可以借你的功課來「參考」；上課時老師問到我不懂回答的地方，你會偷偷提點我，讓我可以安全過度；某些愛捉弄女生的無聊同學想來冒犯我時，你也會挺身而出替我打發他們。

坐在你身旁，除了不能讓我有個寧靜的「讀書」空間外，整體來說，還是利多於弊的。

只是，我漸漸留意到，聚在你身邊的不再只有男生，而開始有著我熟悉的、認識的、甚至不認識的女同學，她們是喜歡你嗎？而你，又會喜歡她們嗎？

「喂，你似乎跟鄰班的班花很友好似的。」我裝作平常的問你，眼裡看著我的張小嫻。

「是嗎？上次班際搞秋季旅行，在籌備的時候互動比較多，於是之後就變得熟絡了。」你看著數學習作說。

我放下了張小嫻，問：「那麼，沒有一點感覺嗎？班花耶。」

「沒有……」你仍是看著習作，突然聲音轉為高昂：「你不是吧，連這一條數學題也不懂算？你上課時真的沒聽課嗎？」

我臉一紅，從你手中搶回我的數學習作。我感到你在用著奇怪的目光看我，我就更加不去看你了，但我聽見你這樣說：「我始終，仍是喜歡看著你的感覺。」

其實我根本就沒有不明白的地方，我只是希望你來讓我肯定一點而已。

那還是 DSE 學制之前的年代。中五畢業，我如預期不能原校升讀，轉到了另一間中學讀中六；而你亦如預期可以升讀原校，但想不到你竟然跟著我一起轉到去另一間學校。

「你真的捨得嗎？」我忍不住在電話裡問你。

「捨得。」你笑，笑得開懷，「反正在那裡，我都沒有什麼特別回憶。」

「但你為了我……」我說不下去，其實我不是你的什麼人。

「無所謂啦，我們做男人要去多一點新地方，要交遊廣闊嘛！」說完你又在電話裡笑了，我卻在你看不到的這一邊，偷偷流下淚來。

我不能告訴你，心裡那一種難受的感覺……並不是你對我不好而難受，你從來沒有對我不好；也不是你對我太好而不安，我很喜歡你對我的好；只是那一份情感，讓我不能夠安然無視，我的情感比不上你的深厚，我一直將你放在我的好朋友位置，只是你會一直是我的好友嗎？而你又可會願意，我始終是你的好友嗎？

過去，我一直逃避可以讓你開口的機會，一直讓你在那界線前止步；但當你為我做到這個地步時，我是否也不應再如此堅持？你，待我是如此的好……我，應否給你一個機會？

後來，整個暑假我都在想著這一個問題……

後來，我喜歡了另一個人。

仍記得那天，你的表情。

我跟他，避開眾人的耳目，在放學後偷偷到附近的Pacific Coffee約會。其實當時我是有點洩氣的，因為我感到自己像是在偷情一樣；可是他似乎也不想這樣快公開我們的戀情，於是我們就選擇了這樣的偷偷摸摸。

我們牽著手，在Pacific Coffee裡找尋空座位，但在內轉了幾個圈仍是找不著；正當我們打算離開、到其他地方去，他卻發現遠處有人打算起身離開，我們立即走了過去，然後就是在那一刻，我看到你站起轉過身來。

「咦，這麼巧？」你笑，表情僵硬。

「呃……是呀，這麼巧。」他答，語氣也是僵硬；至於我，已經不懂言語……

「在候位嗎？剛好我要走了，你們坐吧。」你對我們笑說，雙眼卻在注視著我們的手。

「那謝謝你了。」他似乎已回復自然，牽著我走到座位坐下，就坐在你剛坐過的位置。而你沒有再說什麼，笑著跟我們道別。但直到那時候我才發現到，原來你的苦笑，是這樣子的；以往你在我的面前，就只讓我看見開心的笑容……

||

然後，我們有一整年沒有交談過。

縱然，平時我們會在學校裡、在教室裡、在操場裡、在大家所住的同一屋村裡，碰到見到遇到；但每當你見到我時，總是會先避開我，走得遠遠的，甚至是會直接掉頭離開。這使得我也不敢主動聯絡你，怕你不知會有怎樣的反應，怕你不想聽到我的聲音而掛線。

可是隨著日子漸去，我們的情況仍是沒有一點改善，那一點點的不忿終於萌芽，我開始對你生出怨恨——為什麼你會這樣小器？

在這以前，你是待我如此的好，只不過我現在喜歡了別人，你就要避開我了；你對我，原來不過如此嗎？我在你的心目中，原來就是這麼不重要嗎？你，真的有喜歡過我嗎？

然後，我忽然想起，你其實也沒有真正表示過，你是喜歡我的……

然後，這一點點的不平衡，竟然致使我跟他，分開了。

那一個夜晚，在我跟他分手後的第四個夜晚，我躲在自己的床裡，偷偷地哭。

家人不知道我跟同班同學戀愛，他們不會了解我的心事、我也不想他們知道我的心事。只是我的心事，又可以讓誰知道？

除了你，我想不到其他人。

但是我不能再找你……

這時手機卻響了起來，是你的專用鈴聲，我已經很久沒有聽過的鈴聲。我連忙找尋手機，怕你會因等太久而掛線，最後我找到了，我立即按鍵接聽：「喂……」

「喂。」是你的聲音。

「嗯，怎麼了？」我盡量平伏自己的呼吸，卻同時間發現，我此刻最想聽到的聲音，竟然是你、而不是他的……

「沒什麼，只是想找找你。」你笑，但我覺得你笑得不愉快，「你最近好嗎？」

「……你不知道嗎？」我感到自己的不爭氣了。

「……其實，我知道。」

「謝謝你……」然後我再也說不下去。

在那一通電話之後，我們奇蹟地和好了，變得比起以前還要好。

我們考進同一間大學，考進同一個學系，你仍留在我的身邊，仍是我的好朋友；可是我卻放不下他……他像是在我心裡的某一處，留下了印記，即使我已經不那麼掛念他了，即使我已經很久沒有見他了……只是我偶爾仍會忍不住，為著一些往事而茫然出神。

也許你會發現得到，甚至會感覺得到……

「怎麼了？」你搖我的肩，關心地問。

「沒什麼。」我勉力一笑，挽起你的手臂，「走吧，我想吃薄荷碎巧克力雪糕。」

你總是會如常地笑，依著我的意思，替我去找那碎薄荷巧克力、那柚子綠茶、那一種特別氣味、那一種氣氛、那一種感覺、那一刻、那一秒；也許，這是不應該的，但你總是表現得像個沒事人，就真的像我的好朋友般疼我，使我——想拒絕，也不想拒絕……

如果我拒絕了你，你還會留在我的身邊嗎？

你會否像上一次般，再不理我了？

我不敢開口問，因為我知道這是不該問出口的問題；這一條禁忌的問題，是永遠都不能問的。或者，你也是會如此想吧？我和你，處於這種曖昧而又不能清楚的狀況之下，既不能勇敢踏前一步，而又要走得小心翼翼；這是一條需要十分平衡的獨木橋，你和我，卻在這樣的互相攙扶當中，繼續發展出那一份獨有的情感。

只是，旁人是不會明白……

「Andrew 不是她的男朋友嗎？」不相識的大學同學疑惑。

「上次帶回來的那個男生，不是很好嗎？」我的媽媽探問。

「很多朋友都嫉妒你有 Andrew 這個男友呢！」就連熟稔的同組同學也如此說。

真的這樣嗎？大家真的覺得是這樣嗎？

如果你是我的男朋友，是否就是大家眼中的完美結局？

但是上天，似乎有心要替我們澄清。祂原來早已安排了，讓你有一個真正的女朋友。

在那天，他忽然主動找我，表示，希望再跟我一起。

在這些日子以來，雖然我是放不下他，但也從沒有想過他會這樣子；可是他表現得如此有誠意，這使我不得不相信他的真心。然後同時間，也讓我猶豫起來……

不是我不相信他，只是，我不相信我自己。

我掙扎了好久，最後還是將他找回我的事，告訴了你。我問你的意見：「你覺得，我應不應該再跟他一起？」

你不答，似乎在思考著什麼；過了好一會，才這樣說：「你自己想不想？」

「我不知道……」

「你應該知道的。」你笑，看著我笑。

「或者，我是知道，只是……」

「不要緊。」你拍了拍我的肩，然後就走了開去。

我看著你的背影，心裡卻感到一點落寞……

然後，過了不久，你就對大家宣布，你交了新女友。

「你好，我叫 Carmen。」

眼前是一個可愛的女孩子，就連身為女性的我，也想到「可愛」這一個形容詞。

「你好，我叫 Emma。」我感到自己笑得有點不自然。

「聽 Andrew 說，你們已經認識好久了？」女孩說，我感到她的話裡有話。

「是，是好久了……」我問你，想尋求你的協助，「快十年了吧？」

「嗯。」但你竟然冷淡回應。

「十年，真是眨眼就過去了呢。」女孩笑，那一刻我突然清楚肯定，我不喜歡她，真的很不喜歡她。但是，我喜不喜歡，又有何用？因為是你喜歡的……我無權過問，我只不過是你的好朋友……

原以為能再跟他一起，我應該能夠心滿意足。

但是，原來不然。

為了彌補那一段失去的時間，我跟他一起去做回我們曾經做過的事，試著再找回那曾經同步過的感覺。我留意得到，他笑得投入，他是真的感覺到高興，他是全心愛護著我的；可是我卻像坐在銀幕下觀賞著映片的觀眾般，對銀幕中所發生著的一切，有一種抽離的冷靜。我看著的他似是不在自己的身邊，我可以留意到他心情的變化、可以冷靜分析他為我所做的事、可以平心的細看他臉上的笑意，我卻感受不到當中情感的起伏緣由，甚至感受不到自己的心跳躍動。

是我不再深愛他嗎？還是因為……

「可能，只是還不習慣吧。」你說。

「需要習慣的嗎？」我不明白。

「可能吧。」你這樣答，但我開始感到你的敷衍；我知道，因為你要趕著離開，去跟你女友約會。

「算了。」

我覺得，你變了，已變得不再如以往般在乎我。而我現在也終於明白到，缺少了你的在乎，就算其他一切都安好，也會顯得不完美……即使是，他終於回來了；即使是，你從沒有離開我……

「為什麼今天你要找我出來？」你問我。

「因為……我想逛街嘛。」

「不找男朋友陪你？」你似乎感到出奇。

「今天他沒有空。」其實他有空，只是我撒謊而已。為免讓你再問下去，我挽起你手臂便走，然後去我們以前常去的地方遊逛。

這天，好快樂，很久沒有這麼快樂過了。我知道你也是如此的快樂，我感到你的笑是隨著我而笑的，那是你最開心的表情……我看著你，忽然想，她可以令你如此快樂嗎？她真的可以取代我嗎？她可以嗎？

「她可以嗎？」我最後忍不住問你。

你沒有回答。

「她可以嗎？」我真的好想知道答案。

你沒有回答，但我從你的眼神中已經知道你的答案。

「她可以嗎？」

你終於搖頭。

那麼，你為什麼要跟她一起？為什麼？

「我不快樂。」夜深，我致電給你，說。

「為什麼不快樂？」

「不知道……也許不快樂，是我自己找來的。」我苦笑。

「難道就沒有辦法可以讓你自己快樂一點嗎？」我感到你的疼。
「如果，你有辦法可以讓我快樂的話，你會讓我快樂嗎？」
「如果可以的話，我會。」你平靜地說。
「謝謝你……其實只要你陪著我，就已經可以了。」
「是嗎……」你笑，但我感到有一點苦，「你的要求真簡單。」
「有時候女性所求的不過如此。」
「或者吧。」你嘆氣，然後又說：「對了，我跟Carmen分手了。」
「真的？為什麼分手？」我感到意外。
「沒什麼，只是性格不合吧。」你又苦笑了。
「嗯，其實我也不喜歡她。」我真心附和。
「我早就知道了。」然後，你笑得更苦了。

自那之後，我跟你約會的次數愈來愈多，差不多每隔一天，我們就會見面一次。

只要下班後一有空暇，只要他沒有時間陪我，你就會在我的身邊。

我習慣了你在我身邊的感覺，習慣了你的臂膀、你的暖意、你的氣息。你對我比以前更加好了，大概比任何一個朋友要好，要比任何一個人都要好；也許大家都明白到，這是一種難得的緣分，這是一段難得的時光……錯過了，就不會重來。

因此，我也盡我的所能，去待你好、去關心你、去照顧你，希望在你失去了她之後，不會有孤獨的感覺，希望我跟你，能夠一直快樂地走下去……

但是你有天卻說，累了。

「是睡得不好嗎？」我看著你的雙眼，沒有神采的，似乎真的很倦，「還是近來太多工作？」

你搖搖頭，不答話。

「那麼，是什麼原因？」直覺告訴我，其實我不應再問下去；只是我真的擔心你。

「其實沒什麼……」你用雙手撫了撫臉。

「唔……那你要多點休息。」我唯有如此說。

結果那一晚，我們在沉默中道別……

而在之後的日子，你跟我停止了聯絡——電話，不聽；電郵，沒回；你像失事了的飛機般，在雷達中失去了蹤影……

我……其實明白你的心事。

只是，我不知道可以怎麼辦。

你說，我可以怎麼辦？
我真的不知道……
你好久沒有找我了。
你今天，好嗎？
今天，沒有你，不好過。

「喂。」
「喂。」我心一緊，終於可以聽到你的聲音。
「明天有空嗎？」
「有空。」我立即應道。
「不如，出來吃晚飯吧。」
「嗯。」

最後，我們去了 Neway CEO。其實我們明明是說去吃晚飯的，只是當我來到約定的地點、見到你時，我原本滿腔的話竟說不出來，而你也一反常態的變得不多話，我們就在銅鑼灣默默的走，最後走到維多利亞公園前，才意識到再走下去恐怕會走到天后；我們相視一笑，有點無奈，唯有決定到鄰近的 CEO 去。

很久沒有跟你唱 KTV 了，拿著遙控器按了幾下，我忽然感到了與奮，一口氣點了十幾首歌，不論會唱還是不會唱的。你好像看不過去，從我的手中搶過遙控器，然後就全點男歌手的歌，還要把它們插播、不讓我唱我所點的歌；最後我倆鬧得不亦樂乎，你會唱錯了我的歌，或是我裝男聲扮作男歌手與你合唱。其實，男歌女唱還是女歌男唱已經不再重要，最重要的是，此刻你就在我的身邊，最重要，此刻我們仍是笑著唱……

忽然，傳來了一陣熟悉的旋律，不知在何時點的，也不知是誰的胡亂插播，電視螢幕播放著合唱版的《好心好報》……前奏很快便播完了，你拿起了你的麥克風，跟著字幕唱：

落力為你好　得不到分數
你決定要跟他日後同步
他不懂愛惜你　我樂意操勞

然後到我了……

我決意愛他　祝我愉快吧
你最明白我痛極亦留下
傷得很重也不怕　我願意等他

但愈唱下去，我心裡愈似被某根輕刺微微扎著，那是一種只有自己才會感受得到的痛。你會一樣痛嗎？我不想這樣下去，對你說：「不如，唱下一首吧。」

你卻答：「無所謂啦，就唱下去，反正，避不了的。」

說完，你笑了，就是我所記得的那個笑容；你苦笑了，如此的對著我苦笑了……

怎去做　無人珍惜我好
無人喜歡我好　原來要學會他一套
從來沒有　吻過　記得清楚　我知道
不必得到　不妨陪襯　但願為你好
好　從來都知你好
未夠好
為何他不夠好
我不夠好
回來我又與他擁抱
仍然相信我會　有好心得好報
可能　到某日會知道

詞／方杰　曲／雷頌德

「我走了。」你忽然說。

我看看手表，「這麼早？」

「嗯，有點累了。」你看著我微笑。

「那，我們一起走吧。」我挽起手袋。

「不好，就讓我先走吧。」你忽然要求，你從不曾這樣要求，「就聽我這一次……可以嗎？」

我不懂反應，只得答應。

然後，你一個人走出包廂，包廂內就只剩下了我，與那一首沒有人唱的歌曲在盪。我聽著那一首不知道名字的歌，默想，到底應該要留在這裡多久，我才可以離開？是要等你離開 CEO 嗎？是要等你離開了銅鑼灣？還是要等你完全離開了我的生命？……想到這裡，心底只感到有一種莫名的害怕在彌漫；我不應再這樣想下去，也不應再這樣等下去，我不想再讓你……

我立即站起來，打算離開去追上你，手機卻在此時震動了一下，我看到了你傳來的簡訊——

「不如，

你不要再讓我找到你，好嗎？

對不起。」

我不由得對著手機茫然，然後隨之而來的，是一點酸、一點不捨，甚至一點無奈。我忍不住搖頭，又忍不住苦笑；大概此刻，你也跟我一樣如此無奈著……是這樣吧？

我相信，你是的。你一定是的……然後我又想起，從以前開始，從最初開始，總是我找你的時候多；你不用去找我，因為你總是會知道，我身在哪裡。而我又該要如何做、方會讓你再找不到我？還是，你的真正意思其實是，不想我再去找你了……

我忍不住坐了下來，想著你默默的哭起來。想起你的笑，想起你對我的好，想起你說喜歡看著我的感覺，想起……

「平行線呀，平行線的內角和是一百八十度，你還是不明白嗎？」你拿著我的數學習作，對我不厭其煩地解說。

「什麼內角和呀？」我只覺得頭昏腦脹，我已經打算對這次的數學測驗投降，「又內角又外角，叫人怎麼記得呀！」

「唉……」你嘆氣，我喜歡你嘆氣時的模樣，「就是這樣子……兩條直線，一條總會在另一條的身邊，永遠不會相交，大家之間的距離總是保持不變的……」

「咦，這不是很浪漫嗎？」

「你又愛情小說中毒了。」你掩臉慘叫，「這樣子又會有多浪漫呀？」

「難道不是嗎？一條線永遠都會在另一條線的旁邊，永遠地一起走下去，一同走到終點……」說完，我忍不住偷看你一眼，「試想想，有多少人可以這樣子……」

「只望其中一條不會半途而斷就好。」你盯著我碎唸，然後又再繼續講解那外角內角和。

我笑著偷望你，暗想，如果缺少了另一條線，平行線就不再是平行線了……你說，對嗎？

對嗎？對不起……

《後悔》

她喜歡了一個人。
由最初認識開始，她就已經想與他一起。
「有後悔過嗎？」
一年後的這一天，我問她。
她搖搖頭。
嘴角，帶點倔強的笑。

認識了一星期，她已主動出擊，約對方看電影。
過去不是沒試過這樣做，她主動邀約的時候，很少會遭到拒絕。
但是，他說想留在家看電視，不去了。
她不介意，反正也不是沒試過失敗。
然後，約了一次又一次。

「一般人都不會這樣。」我說。
「不會嗎？」
「最多一、兩次，就會放棄了。」
「我可是試了很多次。」她笑。

「不覺得悶，或感到灰心嗎？」

「……有呀，但，」她別過臉，頓了一會，說：「但還是會想試。」

——

兩人第一次上街，天空突然下起大雨。

沒帶傘，往電影院的路又沒有遮蔭。

他對她說，電影快要開映了，跑吧。

然後就往滂沱大雨中飛奔。

其實她也不介意跑，她也不想錯過開場。

只是後來，肩背濕了，妝容化了，頭發熱了，他都不知道，也沒過問。

電影院的冷氣很冷，她輕碰一下他的手肩，想取暖。

但他移開了。

——

「為什麼你會喜歡他？」

其實我是想說「這樣的他」。

「可能……投緣吧。」

「怎樣投緣？」

「我們以前原來在同一機構工作過，他跟我也喜歡說無聊笑話……」

「很多人也喜歡說無聊笑話。」我苦笑。

「那不同呀，是我和他都一樣無聊，所以才覺得跟他投緣。」

「所謂『投緣』，有時不過是一些巧合的特點剛巧同時出現在兩個人身上嘛。」

「是嗎？」她低頭笑了一下，最後說：「這不是很幸運嗎？」

他生日了，她想替他慶祝。

但生日當天他跟朋友去了澳門遊玩，沒有留時間給她。

她生日了，她想他替自己慶祝。

但那天他跟另一個女同事去吃晚飯，沒有約她。

她安慰自己，是自己硬來，他本來就沒有義務去應酬自己。

於是之後她依然如沒事人般，繼續如常打電話跟他談天。

在她一直堅持之下，他們已發展成為每晚都會談一、兩小時電話的朋友。

雖然大多數是她主動，但他偶爾也會打電話給她，說說上班的煩惱、取笑朋友的糗事。

提提以前的女朋友。
談談將來的愛情。

「他其實是一個寂寞的人。」
「何以見得呢？」我問她。
「他一直想念以前的女朋友，但又不能聯絡她。」她呼氣。
「為什麼不能聯絡？」
「她去了台灣讀書。」
「啊？」我愣了一下，說：「這……沒有直接關係嘛？」
她搖搖頭，說：「他覺得，她人不在香港，勉強發展也不會有好結果。」
「已經多少年了？」
「五年了，現在很少見吧。」她笑道。
「……但他五年來都沒有試過聯絡對方？」我想笑。
「所以我才會說，他其實很寂寞。」她憐惜的說。

皇天不負有心人，她終於變得與他真正熟絡。
她閒時會去他公司找他吃午飯，他悶時會打個電話給她說閒話。

他生病了，她會替他買藥；她感冒了，他會叫她早點休息，不要講電話。

他變得有關心她多一些，至少比普通朋友要好。

但這不是她想要的。

每隔一段時間，她會嘗試進行一些能夠提升感情層次的行動。

例如去有情調的餐廳吃燭光晚餐，或在情人節晚上邀約他，又甚至相約去日本旅行。

有時他會應約，但大多數他都沒有答應，例如他會推說情人節晚上沒空、沒有假期。

一次不成，兩次不成，十次不成。

漸漸，她也失去了最初的耐心。

「你說吧，如果一對男女像我們如此交往，不就像是一般的情侶嗎？」

「小姐，你們事實上不是男女朋友嘛。」我苦笑。

「但我們每晚都會講電話。」她不忿。

「講電話不代表什麼呀……」

「但我們每星期會見面。」她盯著我。

「經常見面也可以只是好朋友嘛……」

她的眼眶微微濕了。

「……你有問過他嗎？問他，『我們是什麼關係』……」

「他說，我們是好朋友……」

「那即是，他其實已經拒絕過你？」我心裡嘆氣。

她無奈，我忍不住苦笑了。

這個男人，要不是壞，不然就是笨。

終於有一次，她實在忍不住了。

那天原本她約他到自己的家吃飯，但他臨時無故失約。

她知道他是有心不赴約，他只是在逃避自己。

只是縱然明白，她還是感到無比的疲累。

已經喜歡他接近一年，已經追了他接近一年。

如果他本身是有女朋友的話，她會放棄。

如果他本身是有喜歡的人的話，她會與對方比較過後再決定放不放棄。

但他沒有女朋友，他想念的對象也不見得比自己好。

但他依然沒有喜歡自己。

縱使自己的生活裡已經全部是他的影子，被他所完全支配。

書桌上的大小便利貼，都是有關於他的事情。

他喜歡的電影何時上映、要替他預約羽毛球場地、他媽媽生日要訂的蛋糕、他……

她默默看著，最後將便利貼一一撕下。

並將手機關上。

不想再與這個人發生半點聯繫。

不想再被沒結果的故事纏繞大半生。

「後來呢，我想，你最後心軟了吧？」

「你怎知道的？」她愕然。

「猜的。」我苦笑一下，又問：「維持了多久？」

「……一個晚上。」

「最後忍不住打電話給他嗎？」

「不是，是他傳電郵來，說找不到我，很擔心。」

「哦，怪不得。」我心裡「嘿」了一聲。

「每次當我關起電話不讓他找，他就會這樣發電郵問我是不是有什麼事。」

聽到這裡我呆了一下，原來已經不是第一次。

「他其實是在乎我的吧？」她低頭說，不像是在等我的回答。

「你有問過他嗎？」
她沒有說話。
我猜，是他沒有回答她。

她喜歡他，其實已經有一年了。
由最初認識開始，她已經就想跟他在一起。
但一直都不能如願。
她不斷追，他不斷推……
這一年來，她偶爾都會來找我訴苦。
並不是因為我是專業的愛情顧問，只是我甚少會叫她放棄而已。
因為每當她向別人提起這些事，大多數人都會勸她早點放棄，不要再與他糾纏下去。
可是她不想放棄。
她實在放棄不了。
「就算明知最後沒結果，你還是不想放棄嗎？」
我最後問她。
「我只是不想將來會後悔而已。」
她笑，又是那一抹倔強。
「但現在如此，你不會有一點後悔嗎？」

我忍不住追問。

她輕輕看了我一眼，最後別過臉，淡淡的說：

「你不會明白的。」

我看著她的側臉，看著她的眼。

那偏執那迷惘那困惑那無奈，我曾經在鏡內看到過好幾次。

我又怎麼會不明白……

是她不明白我罷了。

《談情》

就算我喜歡寫情情愛愛……
「喂，我有事想請教你呢。」
也不等於我喜歡談愛情……
「最近我喜歡了一個女人，但有些問題想不通……」
只是常有人找我，談他們自己的愛情……
「她年齡比我大一歲，這也不是太大問題……」
其實要談，也無所謂……
「但她好像很愛玩。」
就當搜集題材也好……
「經常都玩得很晚，又喜歡喝酒。」
只是……
「又有很多朋友，什麼類別都有。」
有時我會覺得，對方不像是在談愛情……
「間中又會說粗話，動手動腳。」
又或者該說，比較像是在市場買菜……
「雖然很懂得打扮，但也花很多錢買名牌。」
經常又秤又計、討價還價……
「好像也很容易跟人搭上，異性朋友數之不盡。」
彷彿自己喜歡的不是一個人……
「總之就是未定性的樣子。」
而是一件就手的貨物……
「通常男人都不會選這類人做女朋友吧？」

又或是將對方當成一頭豺狼……

「又野，又壞，我都不知道自己為何這麼傻，會喜歡她。」

自己則是一隻純情小白羊……

「朋友都說不要喜歡她，會受傷。」

很易受傷，很怕受傷……

「而且她也好像很難追，隨時等她召喚為她做牛做馬。」

又很怕死——雖然不可能會死……

「還是，我應該放棄好？」

還沒開始，就已經卻步……

「她這種人，也不可能會對愛情認真吧……」

還沒真正了解，就已先看扁人……

「如果她像普通女孩般純品，其實也不錯……」

總是隨便拿其他人來比較……

「不知可不可能改變她？」

總是想要改變對方、迎合自己……

「我想，我真的想得太多。」

總是為自己定下的各種條件，想太多……

「唔……其實我已經為她煩惱了好幾天。」

卻又不會為自己是否真的喜歡對方，認真思考……

「雖然她真的好吸引人……」

而往往談到最後又發現，當中其實並不存在多少喜歡……

「這麼煩，還是放棄吧，對不對？」

所以有時，我很不喜歡跟人談愛情……

「還是，留點後路……」

有什麼好談呢……

「她這麼野，遲早會反過來搭上我？」

算了吧……

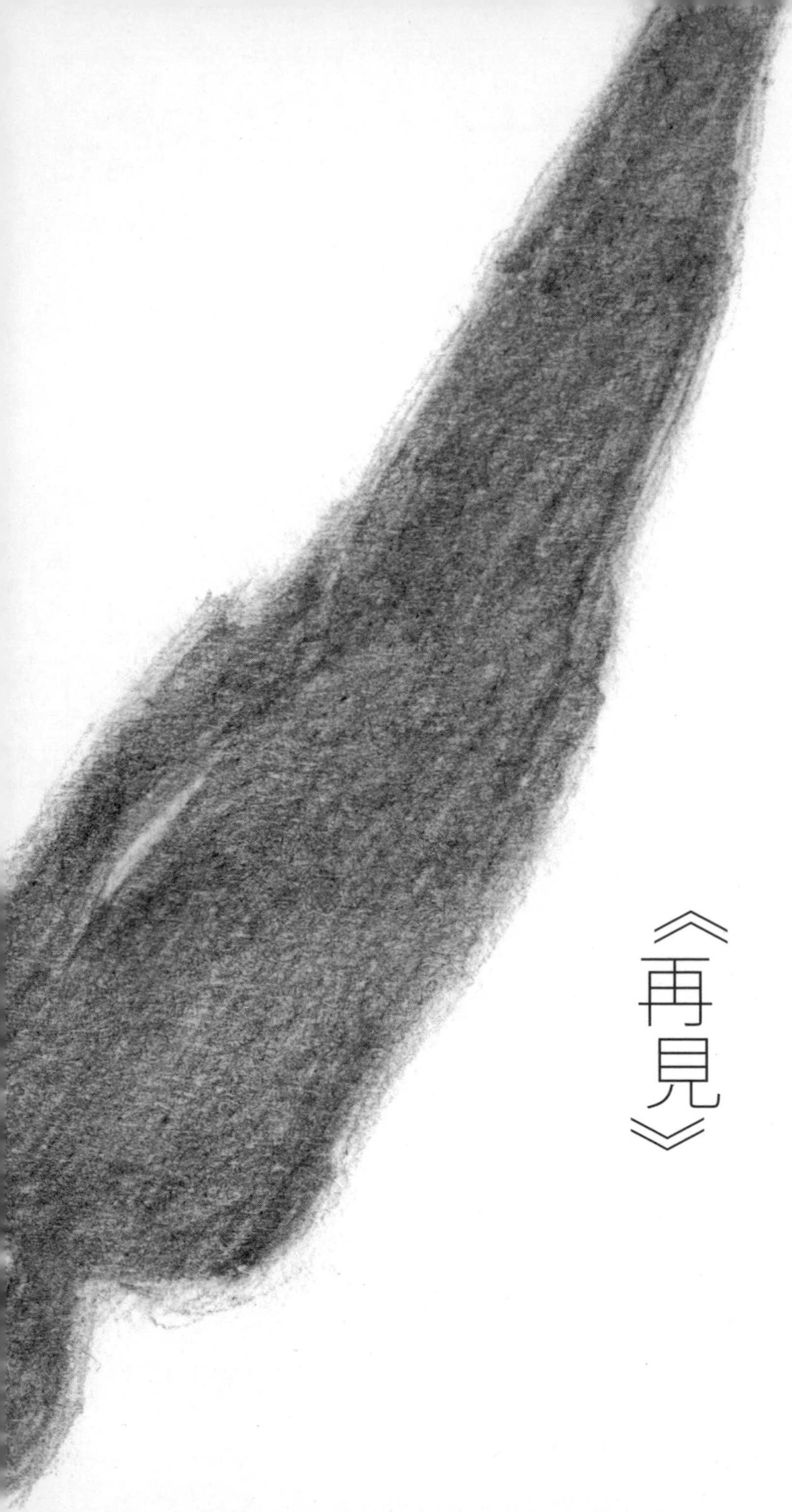

《再見》

再見，可以有兩種解釋。
其中一種解釋，是再次見面。
而另一種解釋，就是告別……

那一晚，在某人的生日聚會裡，他偶然再見到她。
完全沒有預期，轉過臉，看到她剛巧坐到自己附近的位置。
看到她，也正在看著自己。

「……嗨。」
開場白，是一個單音。
「……嗯。」
回應的，也是一個單音。
與想像中的情況不同。
曾經他幻想過，若有天再見到她，兩人之間會有什麼對白。
例如，「你好嗎？」
然後，她會答，「我很好，你呢？」
他可以再選擇回答，「好」還是「不好」——到底還是看當時的情況而定。

如果她看上去很快樂，就回答：「很好」；絕不可以讓她覺得自己的生活過得比她差。

如果她看上去像是很有感觸，就回答：「不好」；也許還可以趁機透露為了什麼而過得不好。

但以上的情況都不過是純屬想像。

當現實裡與她再見面，自己卻愕然得只能以單音作為開場白。

「沒想到……會見到你。」

過了一會，他才懂得說這一句話。

「是嗎？」她有點冷淡，沒有看他。

「來了很久？」他問。

「一會兒。」

「我都不知道，原來你認識Kammy。」Kammy是這晚的壽星女。

她沒回答，良久，才淡淡的說：「是嗎？」

是嗎？

這一句話對他來說，有兩個意義。

第一個意義，就是他仍然記得，這一句是她以前最常說的話。

「你怎麼老是遲到？」
「是嗎？」
「你一定是又化妝化了幾個小時啦！」
「是嗎？」
「你別以為我不知道囉！」
「是嗎？」
「你沒有第二句了嗎？」
「是嗎？」
「……你怎麼邊說邊看著我在笑……還笑得這麼奸……」
「是嗎？」
「……」

而第二個意義，就是，對事情並不知道。
他從她的語氣中感受到，自己對她已經不再像以前般了解。
是嗎？

「……近來好嗎？」
終於，他記得重回正題。

「還好。」

話，依然淡。

「還在以前的公司工作嗎？」

「嗯。」

「我換工作了。」

「是嗎？」

「……嗯。」

「唔。」

其實，「近來好嗎？」，是一句多餘的話語。

在一直未能見面之前，有多少夜深，他關注過她的臉書不下百次。

她升職了，他知道。

她去了日本旅行，他知道。

她分手了，他知道。

她死會了再分手，他也知道。

他也知道，她的電話換了iPhone，有安裝whatsapp，也有Line。

他的contact list裡，一直都有聯絡她的方法。

但是，一直以來，他連一句「生日快樂」、「聖誕快樂」，都沒有發送出去。

是怕唐突。

又或者不過是，怕面對。

「似乎現在，」在她沒有作聲幾乎有半分鐘後，他苦笑了一下，說：「現在很難再跟你說話了。」
「……是嗎？」
她低頭，拿起自己的飲料，卻沒有喝下去。
「其實一直都很想再見你的。」他繼續苦笑。
「現在見到了。」她回答。
他心裡有點洩氣。
「上星期，我去過大澳。」他看著她。
她的表情沒有變化。
「那天，我忽然想起，以前跟你吃過那裡的炭燒雞蛋仔。」
他一邊說，一邊低下頭來，不想再看到她淡然的目光。
「忽然，我很懷念那雞蛋仔的味道，於是，我就搭了兩小時的車，去了大澳。」
「是嗎？」
「嗯，但不巧地，那天雞蛋仔伯伯沒有營業，結果我白跑了一趟。」
他嘆氣。
過了一會，她回他：「其實，如果想吃雞蛋仔，不一定要去大澳的。」

他抬起眼，看她。

良久。

「陳家誠，你願意答應我一件事嗎？」

那天，看著只屬於大澳的日落，她忽然問他。

「張子琪，幹嘛喊我全名？」

他佯怒，但他知道，她只有在想說認真話的時候，才會喚他全名。

「你還沒回答我問題呀！」

「是嗎？」他學她的口頭禪。

「陳家誠！」她鼓起腮。

「是了、是了，張大小姐。」他投降：「你先說明要我回答你什麼問題吧？」

她拿起手中的雞蛋仔，剛剛在雞蛋仔伯伯手中買到的、當日最後一份的炭燒雞蛋仔。

「如果將來有一天，我忽然好想吃炭燒雞蛋仔，你會願意為我買回來嗎？」

「……來大澳買？」他失笑。

她點一點頭。

他只好回答：「我會為你買我家樓下的雞蛋仔。」

「……你好壞！」

「小姐，要我一個人坐兩個多小時車來只為了買雞蛋仔？當我傻子嗎？」

「怎麼是我傻呀？」

「陳家誠，」她看著他，嘆一口氣：「傻的人是你才對啊。」

她又看了他好一會，才說：「雞蛋仔是要趁熱才好吃。」

說完，她掏了一顆雞蛋仔，送到他口邊。

他微微呆住。

那天，夕陽前，他們沒有說話，也沒有牽手。

只是默默吃著，最後一份的雞蛋仔。

只是默默享受，那暖在心裡的感覺。

只是……

忘了那回答，願不願意。

「是嗎？」

良久，他淡然地回答。

她沒反應，就只是看著聚會裡的其他人。

他忽然有點明白，她每次這樣回答，是帶著怎樣的心情。

雖然，他不能確定，她的淡然，與自己的淡然，是否也不過因為心淡。

或者只是自己想得太多。

或者一直以來，就只有自己想要再見……
「阿琪？」
忽然，不遠處有人喚道。
他看見她站了起來，然後有一個他不認識的男人，來到了她的身邊。
然後，他終於看見她笑了，在與她沒有再見的這兩年來……
「你朋友？」男人牽著她的手，笑問。
「嗯，舊朋友。」她回答，沒有介紹。
男人向他微笑了一下，他也微笑回應，最後只是默默看著他們走開。

是嗎？
原來，她與別人在一起了。
他的微笑漸漸變成苦笑。
是嗎？
原來，還在意的人，就只有自己一個。
原來，有些人是不適合再見的。
所謂再見，大家都知道是有兩種意思。
第一種意思，是再次相見。
而另一種意思，就是告別時的一種客套話，並不是真的希望，要再見面。
因為有些再見，是真的會永遠將原本心裡所埋藏的美好與希冀，變成過去。
當終於再見，就會變成真的告別……
想到這裡，他輕輕呼一口氣。
勉力的，再微笑一下。
對自己說，再見。

夜深，回家的車程上，她在手機裡，看著他的臉書。
看著他上星期天，在大澳所拍照下的那個夕陽。
看著，看著。
其實，她並不認識Kammy。
只是剛巧男朋友認識而已。
只是當日她才知道陳家誠是Kammy的朋友而已。
其實，她也曾經一個人，去過大澳。
也曾經，光顧過很多次雞蛋仔伯伯。
只是每次雞蛋仔味道，都不像那一次。
只是每次看夕陽看到最後，都會覺得很冷，很冷。
其實……
如果那時有牽手。
如果那時他沒有另一半。
如果……

那時他們有說過再見……

其實……

她輕輕搖一搖頭。

按動畫面，選擇「Unfriend」。

但那個「Remove」的鍵，卻遲遲未能按下去。

最後，她又搖一搖頭，淡然。

其實，有些人是不適合再見的，她知道。

因為再見了，那些一直被平伏的心跳與感情，就不能再成為過去。

因為再見了，就會想再見多一次，再見更多。

但如今已不可以再一起去看那一個夕陽……

她知道。

看著身旁睡著了的他。

她知道……

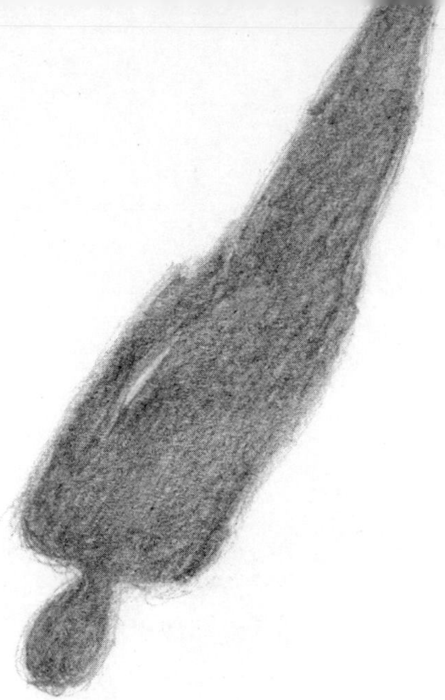

永
遠
的
平行線

MIDDLE 作品 01

永遠的平行線 / middle著. -- 初版. -- 臺北市 :
春天出版國際, 2015.04
面； 公分. -- (Middle作品 ; 1)
ISBN 978-986-5706-63-0(平裝)

857.63　　104004610

ISBN 978-986-5706-63-0
Printed in Taiwan

本書由香港格子盒作室gezi workstation授權出版

作者　middle
總編輯　莊宜勳
主編　鍾靈
協力　阿丁@ 格子盒作室（香港）
封面概念 / 插畫　靛
封面設計　克里斯
排版　三石設計

出版者　春天出版國際文化有限公司
地址　台北市信義路四段458號3樓
電話　02-7718-0898
傳真　02-7718-2388
E-mail　story@bookspring.com.tw
網址　http://www.bookspring.com.tw
部落格　http://blog.pixnet.net/bookspring
郵政帳號　19705538
戶名　春天出版國際文化有限公司
法律顧問　蕭顯忠律師事務所
出版日期　二〇一五年四月初版
　　　　　二〇一九年六月初版三十四刷

定價　260元

總經銷　楨德圖書事業有限公司
地址　新北市新店區寶興路45巷6弄6號5樓
電話　02-8919-3186
傳真　02-8914-5524